光文社文庫

文庫書下ろし／長編時代小説

呪《じゅ》詛《そ》の文《ふみ》

御広敷用人 大奥記録(十一)

上田秀人

JN166603

光 文 社

この作品は光文社文庫のために書下ろされました。

目次

御広敷略図

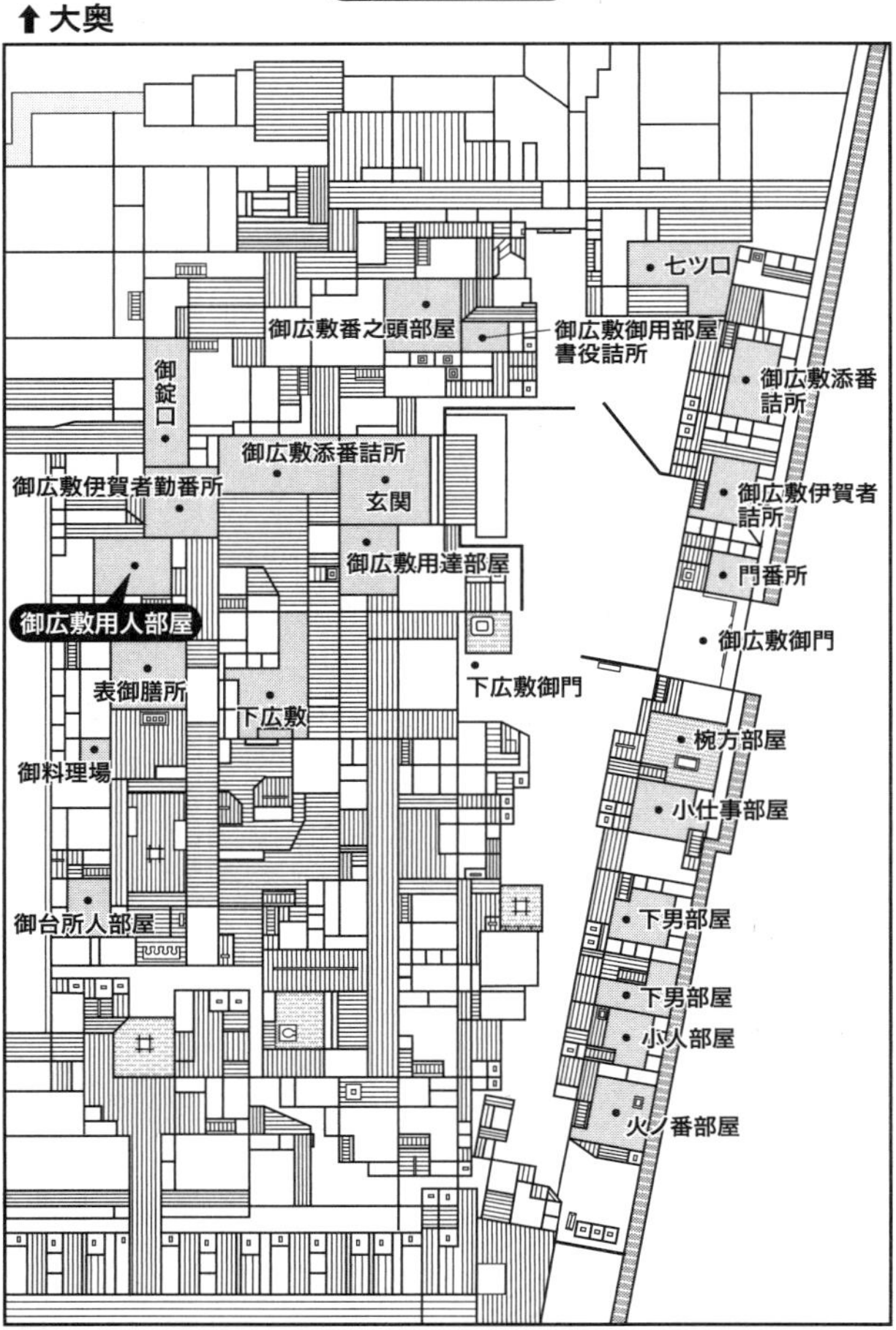

↑大奥
七ツ口
御広敷番之頭部屋
御広敷御用部屋
書役詰所
御錠口
御広敷添番
詰所
御広敷添番詰所
御広敷伊賀者勤番所
玄関
御広敷伊賀者
詰所
御広敷用達部屋
門番所
御広敷用人部屋
御広敷御門
表御膳所
下広敷
下広敷御門
椀方部屋
御料理場
小仕事部屋
下男部屋
御台所人部屋
下男部屋
小人部屋
火ノ番部屋

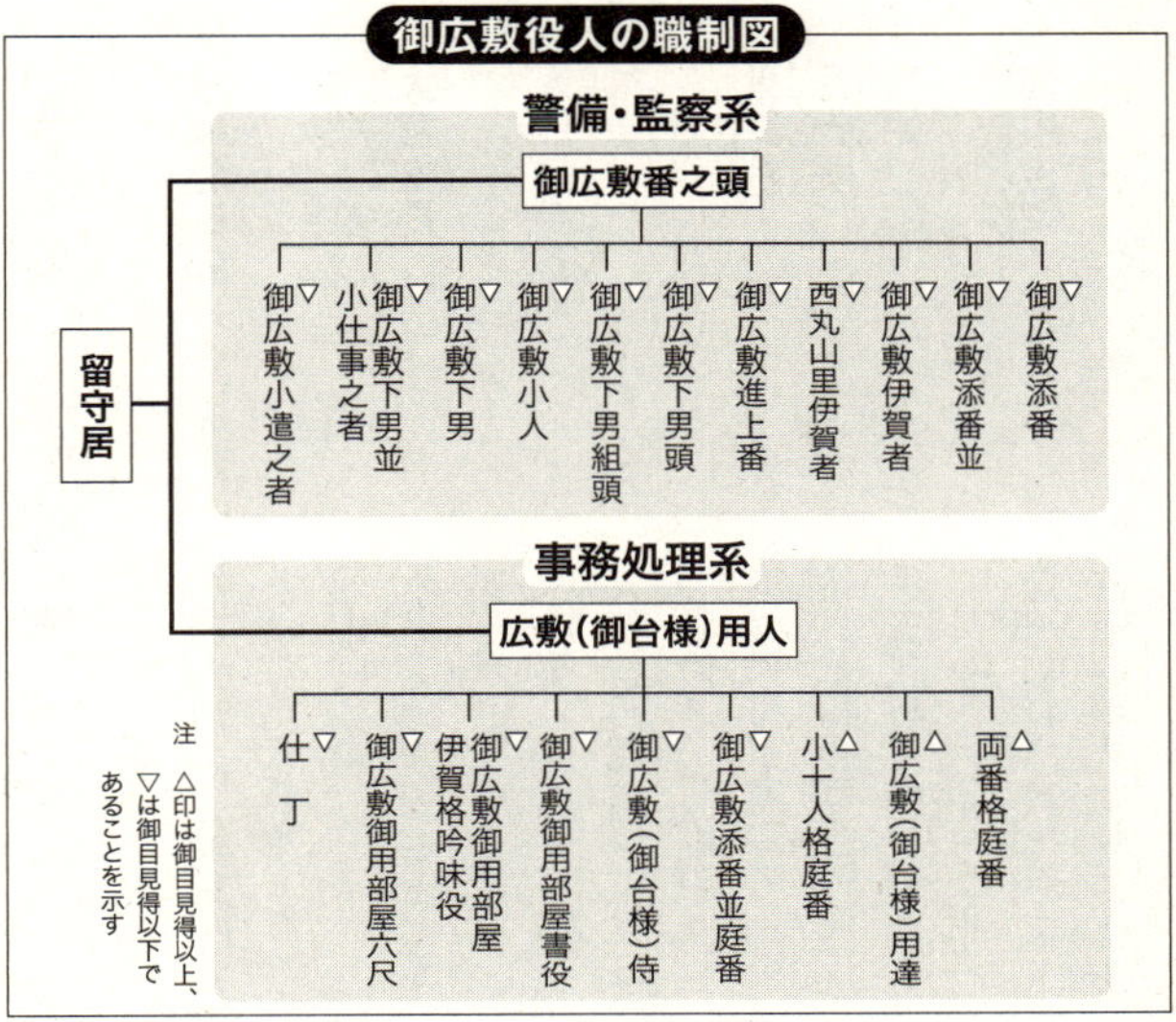
御広敷役人の職制図
留守居
警備・監察系
御広敷番之頭
御広敷添番▽
御広敷添番並▽
御広敷伊賀者▽
西丸山里伊賀者▽
御広敷進上番▽
御広敷下男頭▽
御広敷下男組頭▽
御広敷小人▽
御広敷下男▽
御広敷下男並▽
小仕事之者
御広敷小遣之者▽
事務処理系
広敷(御台様)用人
両番格庭番△
御広敷(御台様)用達△
小十人格庭番△
御広敷添番並庭番▽
御広敷(御台様)侍▽
御広敷御用部屋書役▽
御広敷御用部屋伊賀格吟味役▽
御広敷御用部屋六尺▽
仕丁▽
注 △印は御目見得以上、▽は御目見得以下であることを示す

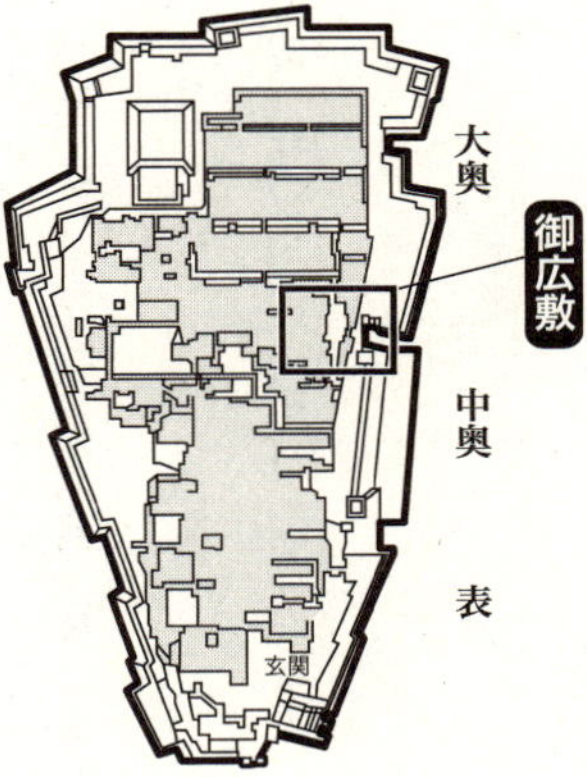
大奥
御広敷
中奥
表
玄関

呪詛の文　主な登場人物

水城聡四郎《みずきそうしろう》……御広敷用人。勘定吟味役を辞した後、寄合席に組み込まれていたが、八代将軍となった吉宗の命を直々に受け、御広敷用人に。

水城紅《みずきあかね》……聡四郎の妻。

大宮玄馬《おおみやげんば》……水城家の筆頭家士。元は一放流の入江無手斎道場で聡四郎の弟弟子だった。

入江無手斎《いりえむてさい》……一放流の達人で、聡四郎の剣術の師匠。

袖《そで》……元伊賀の郷忍。いまは聡四郎、紅の頼みで大奥へ女中として入っており、竹姫の元にいる。

天英院《てんえいいん》……第六代将軍家宣の正室。

月光院《げっこういん》……第六代将軍家宣の側室で、第七代将軍家継の生母。

竹姫《たけひめ》……第五代将軍綱吉の養女として大奥で暮らしてきたが、吉宗の想い人に。

徳川吉宗《とくがわよしむね》……徳川幕府第八代将軍。聡四郎が紅を妻に迎えるに際して、紅を吉宗の養女としたことから、聡四郎にとっても義理の父に。

御広敷用人　大奥記録（十一）

呪詛《じゆそ》の文《ふみ》

第一章　西《にし》の丸《まる》大奥

一

江戸城には大奥が二つあった。

将軍の閨《ねや》を兼ねる本丸《ほんまる》大奥と、先代将軍である大御所あるいは将軍世子《せいし》が女たちを囲う西の丸大奥である。

西の丸大奥に吉宗《よしむね》が創設したばかりの御広敷《おひろしき》用人はまだ設置されておらず、西の丸大奥における所用は、西の丸御広敷番頭《ばんがしら》が管轄していた。

その名前の通り、番頭は番方《ばんかた》になる。役方《やくかた》のような事務仕事に慣れてはおらず、西の丸大奥の警固《けいご》を担当する傍らでの用人代わりは、御広敷番頭にかなりの無理を強《し》いていた。また、大御所は二代将軍秀忠《ひでただ》以来、世継ぎが西の丸に入るのも五代将軍綱吉《つなよし》の嫡男徳松《とくまつ》以来と慣れていないのもあった。七代将軍家継《いえつぐ》は西の丸で誕生したが、わずか五カ月で本丸へと移ったため、御広敷番頭が任命されることもなかった。

「季節の衣装だと。そのようなもの、出入りの呉服屋に申せ。儂《わし》に言われてもわからんわ」

番頭は槍《やり》が遣えればいいというものではない。頭とつくように、配下を指揮し、いざというときの備えをしている。配下がいれば、人事考課や消耗品の手配などの事務もしなければならず、加除算くらいはできる。

だが、はやりの着物がどのような柄で、いかほどするかなどは知らなかった。

「番頭さま」

御広敷番頭部屋に、御広敷添番《そえばん》が駆けこんできた。

御広敷添番は御広敷番頭のもとで西の丸大奥へ出入りする人とものを監視する。その御広敷添番が真っ青な顔をしていた。

「なんじゃ。また、女中の苦情か。今度はなんだ。菓子を買ってこいか、それとも芝居見物の席を予約してこいか」

嫌な顔を隠そうともせず、御広敷番頭が言った。

「い、いえ」

大きく御広敷添番が首を横に振った。

「じゃあ、なんだ」

御広敷番頭が苛立《いらだ》った。

「お世継ぎさま、お倒れになられたそうでございまする」

「……な、なんだと」

聞かされた御広敷番頭が絶句した。


長福丸《ちょうふくまる》倒れるの報は、即座に本丸へともたらされた。

八代将軍吉宗が西の丸から飛んできた御広敷番頭に問うた。

「病か」

「大奥でお休みでございまする。私どもでは入れませぬ」

長福丸の状況を見ていないと御広敷番頭が告げた。

「愚か者が。実際に見ずして、どのような手が打てるのだ。病でも本道医《ほんどう》が適しているのか、他の眼科や口中科《こうちゅう》がよいのか、どうやって判断する」

吉宗が怒鳴りつけた。

「ですが、大奥へ男が……」

御広敷番頭が言いわけをした。

「たわけ。そのようなもの、あとで考えよ。まずは長福丸の様子を確かめることこそ、重要であろうが。問題になったところで、そなたが腹を切れば、すむ話ぞ」

「………」

死ねと言われたに等しい、御広敷番頭が呆然《ぼうぜん》とした。

「もうよい。下がれ。屋敷で謹慎しておれ」

吉宗が御広敷番頭の態度にあきれて、手を振った。

御広敷番頭のことなど忘れて、吉宗が側近を呼んだ。

「近江守《おうみのかみ》」

「これに」

御側御用取次《おそばごようとりつぎ》の加納《かのう》近江守久通《ひさみち》が応じた。加納近江守は、吉宗が紀州《きしゅう》藩主だったころから側近くに仕えていた。吉宗の将軍就任に伴い、御側御用取次に抜擢され、高禄を与えられていた。

「奥医師どもを向かわせろ」

「すでに、本道二名、眼科、口中科を一名ずつ、念のため外道《げどう》医師一名を西の丸大奥へ行かせましてございまする」

「うむ。見事である」

先回りした寵臣《ちょうしん》を吉宗が褒《ほ》めた。

「上様はお見えになられまするか」

「行かぬ。躬《み》が行ってもなにもできぬ。どころか医師どもの邪魔をするだけじゃ。躬が側におれば、医師どもは気を張ってしまう。状況がわかるまでは控えよう」

長福丸の見舞いに行くかと訊かれた吉宗が今は我慢をすると否定した。

「水城《みずき》をこれへ。そなたが迎えに行け」

「ただちに」

吉宗の指示を加納近江守が受けた。

将軍の居室である御休息《おきゅうそく》の間《ま》から、中奥《なかおく》と大奥の境である御広敷はさほど遠くはない。

「ご免」

加納近江守が、御広敷の中央にある御広敷用人部屋の襖《ふすま》を開けた。

「近江守さま」

御広敷用人で最古参の小出半太夫《こいではんだゆう》が加納近江守を見た。

「なにか御用でございまするか」

小出半太夫も紀州家の出である。加納近江守と面識もあった。

「水城はおるかの」

「……水城でございまするか。先ほど用人部屋から出ていきましたが。よろしければ、わたくしがお伺いいたしまする」

用人部屋のなかを覗《のぞ》きこむようにした加納近江守に、小出半太夫が申し出た。

「いや、上様のお召しである」

加納近江守が小出半太夫では務まらぬと述べた。

「上様の……」

小出半太夫が一瞬苦い顔をした。

「伝えておきまする。戻り次第向かわせまするゆえ」

言伝《ことづて》を預かったと小出半太夫が口にした。

「いや、他人《ひと》任せにはできぬ。上様のご気性はおぬしも知っておろう」

加納近江守が拒んだ。

「…………」

「西の丸さま、ご不例《ふれい》」

そこへ報《しら》せが来た。

「……漏れたか。やむを得ぬな。西の丸全体に口止めなどできぬわ」

声を聞いた加納近江守が苦い顔をした。

「西の丸さまが……」

小出半太夫が、加納近江守を見た。

「隠しても無駄なようだ。先ほど西の丸より話があった」

「ご不例とのお話でございますが、ご容態は」

認めた加納近江守へ、小出半太夫がよりはっきりした情報を求めた。

「わからぬ。今、奥医師を向かわせたところだ」

加納近江守が首を横に振った。

「なにやら、不穏な空気が漂っておりますな」

御広敷用人部屋へ水城聡四郎《そうしろう》が戻ってきた。

「水城」

「…………」

加納近江守が呼びかけ、小出半太夫が目をそらした。

「近江守さま……上様のお召しでございまするか」

側近の登場に聡四郎は、用件を見抜いた。

「お呼びじゃ。ただちに御休息の間へ伺候いたせ」

「承知いたしましてございまする」

急《せ》かす加納近江守に、聡四郎はうなずいた。

「……行ったか」

加納近江守と聡四郎の姿が消えたのを確認した小出半太夫が立ちあがった。

「天英院《てんえいいん》さまにお報せいたさねば」

小出半太夫が、下《しも》の御錠口《おじょうぐち》へと向かった。


西の丸大奥は大騒動であった。

「お熱を発しておられまする。お冷やしいたさねばなりませぬ。誰ぞ、桶《おけ》に水を」

「お世継ぎさまのお額に置かせていただくのじゃ。白絹を用意せい」

「汗をおかきあそばされておられる。急ぎ着替えを」

長福丸の看病をする女中たちが右往左往していた。

「…………」

そんななか、西の丸大奥中臈《ちゅうろう》菖蒲《あやめ》が、一人長福丸の側で手を握りしめていた。

「若さま、お気を確かに」

菖蒲が長福丸へ声をかけた。

「…………」

長福丸の高熱で湧《わ》くような汗を、菖蒲が袖の裏を使って拭《ぬぐ》った。

「お医師でございまする」

なかからの応答を待つことなく、襖が引き開けられた。

「無礼であろう。お世継ぎさまがお休みである」

菖蒲が不作法を咎《とが》めた。

「上様よりのご指示で参りましてござる」

奥医師が菖蒲の抗議を一蹴《いっしゅう》した。

「……上様が」

「お離れいただきましょう」

奥医師が菖蒲に下がれと指示した。

「お世継ぎさまのお世話をするのが、妾《わらわ》の役目じゃ」

菖蒲が拒んだ。

「診察の邪魔でござる」

「無礼な。妾を邪魔だと……」

奥医師の言葉に、菖蒲が激した。

「そこに座を占められては、医師がお世継ぎさまのご状況を拝診させていただくときの邪魔になりまする」

「そなた、名は」

整然と理由を述べた奥医師へ、菖蒲が問うた。

大奥の女中たちは、表《おもて》の役人たちを下に見る風潮があった。これは、男子禁制の大奥ということで、目付《めつけ》さえも手出しがしにくく、咎められないという理由があった。

また、男は寵愛している女に弱い。そして大奥で男といえば将軍である。

「何々がわたくしめを……」

気に入っている女に、そう閨《ねや》でささやかれれば、男が動く。

さすがに家を潰す、切腹を命じるなどはないが、御役御免《おやくごめん》、あるいは御役替えを喰らうことになる。

大奥に嫌われて、罷免された老中《ろうじゆう》もいる。表の役人のほとんどが、大奥女中の機嫌を気にしていたなか、この奥医師たちは違った。

「愚昧《ぐまい》に名を問われるならば、まずお名乗りあるべし」

礼儀にもとるであろうと奥医師が返した。

「西の丸大奥長福丸さま付き、中臈肝煎《きもい》り菖蒲である」

「奥医師堂島桂律《どうじまけいりつ》でござる」

名乗った菖蒲に、奥医師が応じた。

「堂島か、その名覚えた」

「では、どいてくだされ」

堂島桂律が、菖蒲へ三度邪魔と言った。

「きさま……天英院さまにこのことをお話しいたしてもよいのだな」

怒りの余り、菖蒲が天英院の名前を出して威嚇《いかく》した。

「天英院さまが、月光院《げつこういん》さまでも変わりなし。奥医師の仕事は患者の命を救うのみ」

堂島桂律が胸を張った。

天英院は六代将軍家宣《いえのぶ》の正室、月光院は七代将軍家継の生母で、本丸大奥を二分する権力者であり、その影響力は大きい。

しかし、堂島桂律は意にも介さなかった。

「さあ、どきなされ。でなくば、上様にお世継ぎさまの診察を阻害したと申し上げますぞ」

「くっ……」

逆に脅された菖蒲がうなった。

「この間にいても……」

「隅でお願いいたしまする。少なくとも二間《けん》（約三・六メートル）はお離れいただく」

見ていてもよいかと言われた堂島桂律が、咄嗟《とっさ》に手出しできない距離を要求した。

「二間も……」

愕然としながら菖蒲が従った。

「……いかがでござる」

菖蒲が離れるのを確認して、堂島桂律が同役に問うた。

「この発熱、口中の乾き具合、お肌の色から考えて、眼科、口中科では手の施しようがござらぬ」

眼科と口中科が首を左右に振った。

「全身を詳しく拝診させていただきましたが、傷、骨が折れた様子も見られず。外道ではありませぬ」

外道医も担当外だと言った。

「吐瀉《としゃ》の痕《あと》がござる」

もう一人の奥医師が、長福丸の口のなかを見て告げた。

「下帯を……」

夜具をはがして堂島桂律が長福丸の下《しも》を確認した。

「お小水はあり、色は茶のようである。大はなし」

堂島桂律が報告した。

「愚昧らでは及ばず」

眼科、口中科、外道の奥医師が退出を求めた。

「医師溜へお戻りならば、非番の奥医師時任左内《ときとうさない》どのと和知甚庵《わちじんあん》どのをお呼び出しくだされ」

堂島桂律が頼んだ。

「承知いたした」

うなずいて三人の医師が出て行った。

「手桶の水を」

口中の吐瀉物を拭くと、もう一人の奥医師が案内役の女中に命じた。

「ただちに」

女中が菖蒲の許可も取らず、走って行った。

「桂律どの……」

「…………」

顔を見たもう一人の奥医師に、堂島桂律が無言で首を上下させた。

「ご意識はなし。発熱、吐瀉……そして小水の臭いと色」

「……では」

並べた堂島桂律にもう一人の奥医師がちらと菖蒲を見た。

「ただちに上様へご報告を」

堂島桂律が立ち上がった。

「ぬるま湯と塩の用意を」

残った奥医師が新たな指示を女中に出した。

「…………」

慌ただしく人が動き回る様子を菖蒲が黙って見ていた。

二

将軍にとって面倒なのは老中と大奥であった。

老中は幕府の行政について立案、執行する権利を有した譜代《ふだい》の名門大名で、将軍も格別の配慮をしなければならない。

とくに七代将軍家継が十歳に満たない子供であったため、幕政のすべてを裁量してきた老中たちは将軍を無視して天下を恣《ほしいまま》にしてきた。その専横を止め、自ら政《まつりごと》を始めるため、吉宗は御側御用取次という役目を新設、老中といえども御側御用取次を通じなければ将軍と面会できないようにした。

さらに吉宗は大奥の力を削《そ》ぐべく、女中たちの小間使いなどをしていた御広敷番頭以下の役人たちを押さえつける頭として御広敷用人を創設した。

その上で吉宗は、御側御用取次に加納近江守久通、御広敷用人に水城聡四郎という二人の腹心を配し、幕政改革へ邁進《まいしん》しようとした。

その矢先に、嫡男の急病であった。

「お呼びでございまするか」

加納近江守に連れられて、聡四郎が御休息の間へと入った。

「来たか、水城。話は聞いたな」

「長福丸さま、急なご発熱だと」

問われて聡四郎は答えた。

「そうじゃ。昨夜、いや、今朝までなんの前兆もなかった長福丸がだ」

西の丸に住む将軍世子は、一日二度本丸へと挨拶にやってくる。もちろん、将軍の所用次第では、一日一度、あるいは数日に一度ともなるが、昨夜と今朝は形式どおりに挨拶があった。

「奥医師に問い合わせたが、今朝の診察でも異常はなかった」

吉宗が告げた。

将軍、正室、子供などの一門は、毎朝奥医師の診察を受けた。顔色、食欲、体温、脈拍、排便の状況などを診るだけだが、それでも病の兆候を見逃すことはない。

「桂律、この者どもはよい。申せ」

先ほどから御休息の間片隅に控えていた禿頭《とくとう》の奥医師へ、吉宗が命じた。

「はっ。西の丸さまのご容態を拝察つかまつりましたところ、毒を飼われた疑いがございまする」

「なんだと……」

「毒を……」

加納近江守と聡四郎が絶句した。

「吐瀉物、お小水の色もおかしく、嗅《か》いだことのない薬臭さがございました。念のために申し添えまするが、今、お世継ぎさまにお薬は処方されておりませぬ」

堂島桂律が続けた。

「なんということを」

加納近江守が天を仰いだ。

「…………」

聡四郎も唇を嚙んだ。

「水城」

「はっ」

吉宗に呼ばれた聡四郎が手をついた。

「竹姫《たけひめ》の警固を厚くせよ」

「承知仕《つかまつ》りました」

聡四郎は竹姫付きの御広敷用人である。当然の指図に聡四郎はうなずいた。

「あと、西の丸大奥も預ける。女中どもを調べあげよ」

「お任せをくださいますよう」

怒りから来る声の震えを抑えた吉宗の命に、聡四郎は決然と応じた。

「桂律は、長福丸の救命に尽力せよ」

「奥医師一同のすべてをかけまする」

吉宗の依頼に堂島桂律が誓った。

「報復は長福丸の命が助かってからじゃ」

今は自重《じちょう》すると吉宗が言った。

「その後は、もう我慢いたさぬ」

静かな口調に、吉宗の決意が見て取れた。

「各々、なすべきをいたせ」

吉宗が解散を告げた。


将軍世子重病の噂は、ただちに江戸城内を席巻《せっけん》した。

「お世継ぎさまのことが心配である。逐一詳細を妾に報せてくれよ。本復《ほんぷく》をお祈りしておくゆえの」

「さすがは天英院さま。お優しいお心遣いに、半太夫感動いたしました」

事情を注進に走った小出半太夫に天英院が求めた。

「……菖蒲はやったようだの」

小出半太夫との応接のため大奥御広敷まで出向いた天英院が、館へ戻った。

「見事してのけました」

天英院付きの上臈姉小路《じょうろうあねこうじ》が手を打って菖蒲を褒めた。

「後はわかっておるな」

天英院が姉小路を見た。

「承知いたしております。菖蒲は西の丸からこちらへ戻しまする」

手を下した者を遠くに置いておくわけにはいかない。姉小路が菖蒲を呼び返すと応じた。

「戻すだけではなんじゃの」

姉小路の言葉に天英院が不足を唱えた。

「もちろんでございまする。功績には報いねばなりませぬ。菖蒲にはさらなる栄誉を与えてやろうと考えておりまする」

「栄誉とな」

天英院が首をかしげた。

「ご先々代さま、家宣さまのお側に仕えるという栄誉をくれてやろうかと思います る」

「家宣さまのお側……ということは」

姉小路の話に天英院が暗い笑いを浮かべた。

六代将軍家宣はすでに鬼籍に入っている。その側に仕えるためには、殉じなければならない。

姉小路は菖蒲を殺すと言い、それを天英院は理解した。

「名誉なことじゃ」

「はい」

二人が顔を見合わせて、ほくそ笑んだ。

わざわざ注進を受けずとも、大奥ほど噂に敏《さと》いところはない。天英院たちが菖蒲の処分について打ち合わせているころ、月光院のもとにも報せは届いた。

「お世継ぎさまが、御重篤《じゅうとく》だと申すか」

月光院がお付きの上臈松島《まつしま》から聞かされて、驚いた。

「急なご発病だとかで、奥医師総出で治療にあたっているよし」

「西の丸に誰か、入れていたか」

松島の追加の言に月光院が問いを投げた。

「御客会釈《おきゃくあしらい》が一人」

「中﨟を入れられなんだのか。失態じゃな」

月光院が苦い顔をした。

御客会釈は表使《おもてづかい》、御錠口、中﨟などを長く務めた者が昇進する役目であった。身分からいけば、中﨟よりも格上になったが、その役目は御三家からの使者を接待するもので、実質の力はまったくない隠居役でしかなかった。

「申しわけございませぬ。中﨟は天英院さまの手の者に押しきられてしまい……」

叱責に松島が頭《こうべ》を垂れた。

「今さらいたしかたないが……御客会釈ではお世継ぎさまのお側へ侍《はべ》るわけにもいかぬ」

隠居役というだけに、御客会釈は将軍や世子の側室となれる年齢をこえている。用がなければ、目通りすることさえ難しかった。

「詳しい状況をどうにかして知られぬかえ」

「どのようなことをお知りになられたいとお考えでしょうや」

月光院の求めに、松島が訊いた。

「まずお世継ぎさまの現状、病の原因、そしてご本復なさるかどうかじゃ」

すべてだと月光院が答えた。

「身分はお目見《めみ》えを欠きまするが、火《ひ》の番《ばん》に二人、縁ある者がおりまする。そこから探らせましょう」

火の番はその名のとおり、防火を担当する者で、その役目上、どこの部屋でも出入りができた。

「頼みおく」

月光院が認めた。

噂は竹姫の局《つぼね》にも聞こえた。

吉宗のあからさまなまでの好意表明で、竹姫は今や大奥の中心となっている。かつての徳川綱吉の養女で、婚約した相手が皆死んでしまうという、忌み嫌われ忘れられた姫ではない。

将軍の御台所《みだいどころ》が、大奥の主《あるじ》になる。その主にもっとも近い竹姫に、大奥の役人たちは気を使ってくれる。

「……上様へお見舞いをなされたほうがよろしいかと」

表使が竹姫の局まで足を運び、噂を伝えたうえ、助言までくれた。

大奥に出入りする人やものを表使は管轄《かんかつ》する。たとえ御台所であろうとも、表使が認めなければ、外へ買いものを命じることはできない。また、表使の許可がなければ、大奥女中たちの宿下がりも叶《かな》わない。

金と人を両手に握っている表使こそ、大奥でもっとも力を持つ者といえた。

「かたじけないぞ」

竹姫は気遣いに感謝した。

「ご注文があれば、わたくしにお申し付けくださいませ」

城下でなにかを買うならば、手配をすぐにすると言い残して、表使が竹姫のもとから下がった。

「なにを見舞いにすればよいかの」

竹姫がお付きの者たちに問うた。

「さようでございまするな」

お付きの中臈鹿野《かの》が思案した。

「お見舞いよりも先に、回復のご祈願をなされればよろしいのではございませぬか。そのほうが、上様もお喜びくださいましょう」

もう一人の中臈鈴音《すずね》が提案した。

「そうじゃ。それじゃ」

吾《わ》が意を得たりと竹姫がうなずいた。

「病気平癒《へいゆ》となれば、どこの寺社がよかろうか」

竹姫が新たな問いを一同に投げかけた。

「寛永寺《かんえいじ》はいかがでございましょう。寛永寺は徳川家の祈願寺でもございまするし、まことにうってつけだと」

鹿野が口にした。

「寛永寺かの……」

「お待ちを」

考え出した竹姫を鈴音が止めた。

「寛永寺はよろしくなかろうと思案つかまつりまする」

「なぜじゃ。寛永寺は三代将軍家光《いえみつ》さまのご建立《こんりゅう》になる由緒ただしき名刹《めいさつ》であるぞ」

案を否定された鹿野が、鈴音に噛みついた。

「徳川家との縁が深すぎまする」

鈴音が首を左右に振った。

「縁が深い。それこそ、ふさわしい理由になろう」

鹿野が反発を強めた。

「上様にとっては逆になりまする」

「……上様にとって逆とはどういうことぞ」

吉宗の名前が出たことに、竹姫が反応した。

「上様は、幕府を変えられようとなさっておられまする。そのためには従来のものと決別しなければならないときもございましょう。もし、いま、ここで寛永寺へ祈願をし、それが効をなせば……」

「寛永寺に借りができる」

竹姫が気づいた。

「上様のお邪魔になることをしてはいけませぬ」

寛永寺は駄目だと竹姫が断じた。

「となりますと、増上寺《ぞうじょうじ》も伝通院《でんづういん》などもよろしくありませぬ」

江戸の名刹ほとんどがはずれる。難しいと鹿野が困惑した。

「水城どのに問うてみてはいかがでございましょう。水城どののお内儀は町屋のお方。よいところをご存じに違いありませぬ」

「紅《あかね》さまか。それはよい」

聡四郎の妻紅を姉のように慕う竹姫が手を叩いた。

「では、ただちに御広敷へ申しましょう」

鈴音が部屋の隅に控えている袖《そで》を見た。

「行って来てくれやれ」

「駄目でございまする」

鈴音の指示を袖が拒んだ。

「なぜじゃ」

袖は竹姫の操を守った功で目見え以下のお末《すえ》から脱してはいたが、中臈の鈴音の言葉には従わなければならない。拒否の理由を鈴音が問うた。

「お世継ぎさまの状況がわかりませぬ。毒などを盛られた怖れがある」

袖は伊賀《いが》の郷の女忍であった。聡四郎の命を狙ったところを返り討ちにされ、深い傷を負った。それを紅によって救われ、今は聡四郎の配下となり竹姫の警固役となって大奥へ送りこまれている。

「姫さまのお側をわずかとはいえ、離れるのはまずい」

口調を女忍のものに戻して、袖が理由を語った。

「……毒をお世継ぎさまに」

「そのようなまねをするのは……」

鹿野と鈴音の顔色がさっと変わった。

「天英院さま……」

「あのお方しかおられぬ」

二人が震えた。

「…………」

竹姫は無言で、二人の意見を否定しなかった。

「ゆえに、ここから動くわけにはいかぬ」

袖が告げた。

「当然であった。妾が参ろう」

鈴音が腰をあげた。

用人を付けられるのは、大奥でも御台所、姫、将軍の子を産んだお腹《はら》さまと寵愛の深いお部屋さまだけである。竹姫は綱吉の養女、すなわち姫格として御広敷用人水城聡四郎を与えられていた。

当たり前のことだが、御広敷用人と御台所、姫らとの連絡は密になる。なかでは次の行事で身につける小間物や衣装などの打ち合わせもおこなう。これが他の女中たちに漏れては、対抗されてしまうこともあり、御広敷用人との連絡は表使を通じず、個別で下《しも》の御錠口を利用した。

聡四郎を呼び出すために下の御錠口へと急いでいた鈴音の前に、若い女中が立ちふさがった。

「竹姫さまのお局衆さまでございましょうや」

若い女中が鈴音に声をかけた。

「いかにも。中臈の鈴音である。何用か」

鈴音が足を止めて用件を尋ねた。

「下の御錠口番を務めまする諫早《いさはや》と申しまする。御広敷用人水城聡四郎どのより、面談のご希望でございまする」

諫早と名乗った下の御錠口番が告げた。

「水城どのが。それは重畳《ちょうじょう》。こちらも所用有りであった。御広敷座敷下段にて待つゆえ、お通し願う」

御錠口番より、中臈は格が高い。かといって頭ごなしに命じるのは、女同士の常で後々嫌がらせをされることにもなりかねない。鈴音は穏やかな声音で応じた。

「承知いたしましてございまする」

引き受けて諫早が踵《きびす》を返した。

「水城どのから……このことであろうな」

用件を推察しながら鈴音は御広敷座敷へと急いだ。

御広敷座敷は下の御錠口を入ってすぐのところにあり、上段の間、下段の間に分かれる。上段の間を使用できるのは、年寄《としより》以上と決められている。

中臈の鈴音は、下段の間の上席に座って、聡四郎を待った。これは御広敷用人と交渉をすることが多い中臈を上席にして、表役人へ圧迫をかけたいという大奥の意図によった。

「鈴音どのか」

諫早の案内で御広敷座敷下段の間に聡四郎が現れた。

「水城どの、まずはお座りあれ」

互いに手を伸ばしても触れあわない位置を、鈴音が指した。

「ご無礼いたす」

軽く頭を下げて、聡四郎は腰を下ろした。

「…………」

男女二人を一室に放置するわけにはいかない。二人に不貞がないかどうかを監視するため、諫早が下段の間の襖際で待機した。

「御用じゃそうだの」

鈴音が用件を促した。

「上様より、竹姫さまのご身体警固を厚くせよとのご諚《じょう》でございまする」

「……上様より」

すぐに鈴音が手をついて頭を低くした。

「どうすればよい」

吉宗の言葉が終われば、畏《かしこ》まらなくてもよい。鈴音が背筋を伸ばした。

「火の番を増員するわけにも参りませぬ」

大奥の警固も担うのが火の番である。その多くは御家人《ごけにん》の娘で、武術の腕を持つ者であったが、信用できるかどうかは別問題であった。

大奥女中は基本として旗本《はたもと》、御家人の娘から選ばれた。さすがに掃除や洗濯などをするお末と呼ばれる雑用係は、町方の娘、あるいは後家などからなるが、それ以外は身許のはっきりした者でなければならない。なにせ、将軍あるいは御台所、子息子女に近づけるのだ。当然、大丈夫だとの身許引き受け人が要る。

その身許引き受け人が、天英院に繋《つな》がる者でないという保証を得るのはなかなかに難しかった。なにせ、天英院とその腹心姉小路は、京の公家の出であり、江戸に親戚などはない。だが、その館に属している女中たちは、江戸に伝手《つて》を持つ。その伝手から推薦された場合は、天英院の派閥に属することになる。さらに天英院の館から、独立して家宣の側室になった者、仏間担当の中臈になった者など、これらのかかわりも天英院に繋がっていく。さらにそこから独立した者もいる。天英院を親として、子、孫と、大奥の隅々まで拡がっているのだ。親元が天英院と無関係でも、本人が孫女中にあたるということもある。

それらを調べあげることは可能だが、厳格を期するとなれば手間がかかりすぎ、咄嗟の用に間に合わない。

「力で来る者は、袖が対応できましょう」

「問題は……」

聡四郎に応じた鈴音が、最後をごまかした。さすがに他人の耳があるところで、毒という単語を口にするわけにはいかなかった。

「台所役人にはこちらから注意をいたしておきまする」

「よしなに願う。こちらは試しを厳重に何度もおこなおう」

吉宗の配慮により、竹姫の食事は御広敷台所で調理されている。これも将軍一門に準ずる扱いであり、竹姫を次の御台所として吉宗が見ているとの証《あかし》であった。

「試しと試しの間は、できるだけときを空けていただきたく」

毒には後から効いてくるものもある。聡四郎は気を付けてくれと述べた。

「ぬかりなく」

鈴音が確約した。

もともと鈴音は、京の公家一条《いちじょう》家から竹姫を吉宗の御台所にすべく送りこまれた。清閑寺《せいかんじ》家の娘である竹姫を通じて、幕府の朝廷への待遇を良くするのが目的だけに、その身に危害が及んでは困る。

「お話は以上かの」

「以上でござる」

確認した鈴音に、聡四郎が首肯《しゅこう》した。

「では、こちらからの要望じゃ」

鈴音が背筋を伸ばした。

「はっ」

竹姫の願いだと姿勢で示した鈴音に、聡四郎は両手を床につき、傾聴の姿勢を取った。

「聞けばお世継ぎさまには、ご体調芳《かんば》しからずとか。ご快癒を祈願いたしたいゆえ、霊験《れいげん》あらたかなる寺社を探せとお求めである」

「ご祈願を……それは上様もお喜びくださいましょう」

聡四郎は竹姫の吉宗への想いに感じ入った。

「紅さまへ訊いてくれとのお望みじゃ」

「それはなんとも畏《おそ》れ多い」

妻の紅へ寺社の選定を任せると言われた聡四郎が恐縮した。

「伝えたぞ」

話は終わったと鈴音が告げた。

「承知いたしましてございまする。明日にはご返答できましょうと、姫さまへお願いを申しあげまする」

早急に対応すると聡四郎は答えた。

「では、これにて」

用がすめば、長居をしたい場所ではない。大奥における男は、絶えず他人目《ひとめ》を集める。それこそ一挙一動を穴の開くほどに見つめられ、なにかあれば即座に訴えられる。

「ご苦労でありました」

鈴音がその場で見送った。

三

竹姫の言動を吉宗は知りたがる。西の丸大奥へ渡る前に聡四郎は御休息の間へと寄り道をした。

「……竹はどう申していた」

長福丸のことを案じていながら、聡四郎の訪問を吉宗が歓迎した。

「警固のこと、念押しをいたして参りました。とくに毒味には気を付けてくださるようにと申しましたが、すでに対応をお考えのようでありました」

まずは復命をしなければならない。ここで吉宗が問うているからと手順をまちがえれば、厳しい叱責が待っている。

「ふむ。長福丸のことがすでに大奥へ届いている。それも表とそなた以外に伝手を持たぬ竹が存じていた……よいな。大奥女中どもも竹を格別だとわかったようである」

その意味するところを吉宗はしっかりと理解していた。

「あと、竹姫さまからお言葉がございました」

「申せ」

吉宗が身を乗り出した。

「長福丸さまのご快癒を祈願いたしたいゆえ、よき寺社を調べて参れと」

「そうか。長福丸の本復《ほんぷく》を願ってくれると言ってくれたか」

聡四郎の報告に吉宗が頬を緩《ゆる》めた。

「よい女よな」

「…………」

同意するのもなんである。吉宗の呟《つぶや》きを聡四郎は聞こえない振りをした。

「寛永寺、増上寺へ代参を出したいと言わぬところが、聡《さと》い。躬の改革に将軍家菩《ぼ》提寺《だいじ》、祈願寺もないとわかっている。将軍継室《けいしつ》の依頼となれば、寛永寺も増上寺も、一生懸命祈願しよう」

竹姫のことを継室と吉宗は口にしていた。

「それで長福丸が快癒すれば、竹が借りを作ってしまう。竹の借りは、躬が返さねばならぬ。いずれは改革の手を伸ばすと決めている菩提寺と祈願寺だ。そこに借りはまずい」

吉宗は将軍就任とともに大奥に手を入れ、女中たちの削減をおこなっている。幕府にとって金食い虫の第一が大奥であり、第二が寺社であった。とくに菩提寺の増上寺、祈願寺の寛永寺へ毎年払われるお布施や祈禱《きとう》料は莫大な金額になる。吉宗は時期を見て、寺社にも手入れをするつもりでいた。

「どこか思いあたるところはあるのか」

好きな女の願いを男は叶えたくなる。吉宗が問うた。

「竹姫さまより、家内へ探すようにとご指名をいただいております る」

「紅にか、なるほどな。紅ならば、江戸の町屋、寺社にも詳しかろう。なにより、吾が娘でもある。親のために子が働くのは当然じゃ。躬は借りを作らずともすむ」

吉宗がうなずいた。

聡四郎の妻紅は、江戸城出入りの人入れ屋相模《さがみ》屋の一人娘であった。寛永寺の根《こん》本中堂《ぽんちゆうどう》普請の余材を巡る不正を調べていた勘定吟味役《かんじようぎんみやく》だった聡四郎と出会い、互いに離れがたい想いを経て、夫婦となった。とはいえ、町屋の娘が御家人はまだしも旗本の家へ嫁ぐのは難しい。どこかの旗本家の養女になってという手続きをと考えていたところへ、当時紀州藩主の吉宗が割りこんだ。

「余の養女にしよう」

吉宗が紅を紀州家に引き取った。これは、八代将軍の座を狙っていた吉宗の策であった。吉宗は天下の金の動きを知る勘定吟味役の聡四郎を身内に取りこむことで、幕府の弱みを握ろうとしたのだ。

結果、吉宗は館林《たてばやし》藩主松平《まつだいら》右近将監清武《うこんしょうげんきよたけ》、他の御三家を抑えて、八代将軍になった。

「はあ……」

借りではない、すなわち、紅がどれほどの手柄を立てても報いないと吉宗は宣したのだ。聡四郎はあいまいな返答をするに留《とど》めた。

「任せるぞ」

「はっ」

この一言で、竹姫の願いは将軍の命令になった。

「これより西の丸大奥へ参りまする」

聡四郎が辞去《じきょ》を求めた。

「よいか。ことは将軍世子の命である。万一、毒であったならば、将軍の血筋に手出しをしたことになる。これは謀叛《むほん》と同じじゃ。決して許すわけにはいかぬ」

「はい。見逃しはいたしませぬ」

表情を険しくした吉宗に、聡四郎も強い決意を返事にこめた。

「そなたに西の丸大奥を預ける」

吉宗があらためて宣した。

「思うがままに踏みこんでも」

「西の丸大奥での目付役をいたせ」

確認した聡四郎に、吉宗が権威を与えた。

目付は幕府の監察で、千石高の役目であった。老中であろうとも目付は遠慮することなく摘発、告訴できる。大奥も目付の管轄ではあるが、男子禁制という相反する規制のため、実質は手出しできていない。

その男子禁制を、西の丸大奥に限るとはいえ、聡四郎へは適用しないと吉宗が認めた。

「そなたは紅の夫よ。躬の娘婿じゃ。いわば将軍家一門。それに長福丸はまだ子供だ。西の丸で女中を孕《はら》ますことはできぬ。もし一年以内に孕む女がでれば長福丸ではなくそなたが父となる」

吉宗が続けた。

「もともと大奥が男子禁制なのは、将軍の血筋に疑義があっては困るからだ。ゆえに、いかにそなたであろうとも本丸大奥への自在立ち入りは許されぬ。だが、西の丸は違う」

そこで吉宗が一度言葉を止めた。

「水城」

「…………」

聡四郎は、頭を傾けた。

「躬へ刃向かう者どもを蹴散らせ」

「はっ」

「苛烈《かれつ》に処断せよ。西の丸大奥を見せしめにいたせ。愚か者が竹への手出しをする気にならぬほどにな」

「……承知いたしましてございまする」

吉宗の指示を聡四郎は受けた。

十四坪を占める。
西の丸は紅葉山《もみじ》を含めて六万八千三百八十五坪あり、そのうち御殿は六千五百七
西の丸御殿はもともと二代将軍秀忠の隠居所として建てられたが、寛永《かんえい》十一（一
六三四）年に全焼した。二年で再建された後、三代将軍家光の世子家綱《いえつな》の住居とし
て整備され、代々将軍世子の住居として使用されてきた。
本来は、吉宗も一度西の丸に入ってから本丸へと移らなければならなかったが、
七代将軍家継の急逝における混乱を避けるため、紀州家屋敷から直接本丸御殿へと
移動、代わって長福丸が入った。
江戸城本丸を簡素にしたような作りであり、将軍御座の間の代わりに殿上の間が
設けられている。もっとも長福丸は幼く、女手なしでの生活は難しいとして、その
ほとんどを西の丸大奥で過ごしていた。
西の丸大奥も本丸大奥同様、長局向《ながつぼねむき》、御広敷向、御殿向からなっている。
「御錠口を開けよ」
聡四郎は西の丸大奥下の御錠口で大声をあげた。
「何方《どなた》であるか」
御錠口の開閉を司《つかさど》る西の丸大奥女中のお使番《つかいばん》が、誰何《すいか》した。

「御広敷用人、水城聡四郎である。上様のご命によりまかり通る」

「上様の……番頭どのよりそのような通知は受けておりませぬ」

お使番が拒んだ。

「ふむ。いきなりは無理か。前例がないからの」

聡四郎はお使番の対応を可とした。

「番頭の部屋は、玄関脇であったな」

西の丸大奥の御広敷は、用人ではなく番頭の支配である。聡四郎は、番頭部屋を訪れた。

「番頭はおるか」

いきなり聡四郎は襖を開けて、呼びかけた。

「な、なんだ。おぬしは誰じゃ」

仁王立ちしている聡四郎に、なかにいた旗本が驚愕した。

「御広敷用人、水城聡四郎である」

「御用人さまでござるか。西の丸大奥に御用でござろうか」

旗本がていねいに応対した。直接の上役ではないが、用人は番頭よりも格上だと知っていた。

「そなたが番頭か」

聡四郎は西の丸御広敷番頭が吉宗に叱られた経緯《いきさつ》を知らなかった。

「いえ。拙者は筆頭添番でござる。番頭さまは、本丸へお出向きになったままでお帰りではございませぬ」

御広敷添番は番頭の補佐役で、大奥へ出入りする者を取り締まった。

「そうか。拙者は上様のご命で西の丸大奥の監察に参った」

「監察……御用人さまが」

筆頭添番が怪訝《けげん》な顔をした。

「長福丸さまのこと、存じておろうが。まさか、知らぬなどとは」

「それはもちろんでござる」

聡四郎に指摘された筆頭添番が気色《けしき》ばんだ。

「では、なぜ、ここで遊んでおるのだ。畏れ多くも長福丸さまに異常が起こったのであるぞ。西の丸大奥を担当する者として西の丸大奥の巡察をいたすべきであろう」

厳しく聡四郎が糾弾した。

「これは、御広敷御用人さまとも思えぬ言動をなさる。大奥は男子禁制でござる。

我らも足を踏み入れることは許されぬ」

筆頭添番が抗弁した。

「不忠者めが」

聡四郎が怒鳴りつけた。

「な、なにを。不忠者とは聞き捨てならぬ。拙者は三河《みかわ》以来の譜代じゃ。将軍家への忠誠では余人に決して負けぬ」

武士として不忠という誹《そし》りは受けられない。それを認めれば、腹を切らなければならなくなる。

「ならば、なぜ、西の丸大奥に入り、長福丸さまの異常を引き起こした原因を探らぬか」

「大奥は男子禁制じゃと申しておろうが」

筆頭添番が大声で言い返した。

「男子禁制を破っても、調べるべきであろう。なんのための御広敷番か。御広敷番はお世継ぎさまの警固を任といたすものぞ」

聡四郎も強い語調で応じた。

「警固がなぜ大奥のなかに入る」

「それくらいもわからぬのか。警固とはお世継ぎさまに傷一つ付けぬようにする役目だ。でありながら、今回の体《てい》たらくはなんだ。防げなかったのも怠慢であるが、その原因を究明しようとしないことこそ、問題である。あとでどれだけ非難を浴びようとも、大奥へ踏みこみ、お世継ぎさまのお世話をしていた女中たちを調べあげるべきである」

「咎めを受けるではないか」

聡四郎の言いぶんを、筆頭添番が否定した。

「腹を切ればすむであろうが」

吉宗と同じことを聡四郎は言っていた。

「なっ……」

筆頭添番が絶句した。

「そなたの責任はお世継ぎさまの無事にこそある。お世継ぎさまに異常があった段階で、咎めからは逃れられぬとなぜわからぬ」

無責任だと聡四郎は非難した。

「咎めを受けるのか、我らは……」

筆頭添番が呆然とした。

「なにもなく、このまま役目を続けられると思っていたとは……」

聡四郎はあきれた。

「すぐに……」

「そなたがせぬゆえ、吾《われ》が上様より命じられたのだ。もう、遅いわ」

聡四郎が告げた。

「どうなると」

すがるような目で筆頭添番が聡四郎を見た。

「お世継ぎさま次第じゃ。万一があらば……覚悟をしておけ」

聡四郎は筆頭添番以下の西の丸御広敷番を脅しあげた。

「い、今からお調べに……」

「同道すると言うか」

「是非に」

筆頭添番が泣くような顔で願った。

「よろしかろう。見事原因を探し出したあかつきには、上様へお願いをいたそう。西の丸御広敷番は任に忠実であったと」

「かたじけなし。では」

取りなしてやると述べた聡四郎に、礼を述べた御広敷添番が下の御錠口へと向かった。

四

「番頭どのの代理、筆頭添番工藤右近《くどううこん》でござる。御錠口開かれよ」

「しばし、待たれよ」

顔見知りの筆頭添番だからか、すぐに下の御錠口が開けられた。

「参るぞ」

「はい」

聡四郎の後に、工藤が続いた。

下の御錠口は、横幅二間（約三・六メートル）と広い。上《かみ》の御錠口が一間と、その倍近い幅があるのは、箪笥《たんす》や長持などの家財道具の搬入口でもあるからであった。

「筆頭添番どの、何用か」

下の御錠口でお使番の女中が、二人の行く手を遮った。

「本日、上様より西の丸大奥差配を命じられた御広敷用人水城聡四郎である。お世継ぎさまご不例の一件について調べる。邪魔だてをいたすな」

聡四郎が述べた。

「西の丸大奥差配……」

お使番が息を呑んだ。

「下がれ」

「……………」

西の丸大奥でも身分低い女中のお使番が聡四郎の気迫に負けて道を空けた。

「うむ」

顎《あご》でうなずいて聡四郎は西の丸大奥へと足を踏み入れた。

「お世継ぎさまはどこだ」

本丸大奥についてはあるていど理解しているが、西の丸大奥はまったくの未知になる。聡四郎は工藤に問うた。

「お世継ぎさまは、御新座敷の御上段でお休みでござる。ご案内仕ろう」

肚《はら》をくった工藤が聡四郎の前に出た。

新座敷は上の御錠口から突き当たったところにある。下の御錠口からだと入ってすぐの廊下を左折、突き当たりを右に曲がって左側になった。

「えっ」

「男……」

廊下で行き違う奥女中たちが、聡四郎たちの侵入に絶句するなか、二人は堂々と新座敷へと進んだ。

「な、なにごとで……」

新座敷襖外で控えている奥女中が聡四郎たちの来訪に目を剝《む》いた。

「上様のご命である。襖を開けよ。お世継ぎさまにお目通りを願う」

聡四郎が取次の奥女中へ告げた。

「えっ、えっ……」

男が大奥に入っている。予想していない事態に、取次が混乱した。

「わたくしが開けましょうぞ」

取次を無視して、工藤が襖を開けた。

「なにか」

新座敷下段の間、その控えに待機していた大奥女中が、いきなり開けられた襖に眉をひそめた。

「……なにをしておる。ここは西の丸大奥であるぞ」

取次よりも控えていた奥女中は冷静であった。すぐに聡四郎と工藤を確認、咎め立てに入った。

「男子禁制は大奥の定め。そなたたち無事ではすまぬぞ。ただちに立ち去り、屋敷にて謹慎いたせ」

大奥女中が二人を叱りつけた。

「西の丸大奥差配、水城聡四郎である。そなた、名前は」

聡四郎が大奥女中に名前を尋ねた。

「差配……そのような役目はない」

「たわけ。筆頭添番を伴っておることからわかるであろう。お世継ぎさまの急変によって、上様が本日、拙者に仰せつけられたものである」

「あり得ぬ」

大奥女中が首を横に振った。

「拙者の名前に思いあたるところはないか」

なんのために名乗ったのかと聡四郎は確認をさせた。

「……水城……あっ、上様の婿」

大奥女中が思いあたった。

「拙者が西の丸大奥差配に選ばれた理由がわかっただろう。名前は」

「西の丸大奥お次《つぎ》、明保野《あけぼの》でございまする」

再度問われた大奥女中が答えた。

「お世継ぎさまのもとへ、案内をいたせ」

「お付きの中臈さまのお許しを……」

お次は道具の移動などを司る下級女中でしかない。西の丸大奥を支配しているに等しい長福丸付きの中臈には頭が上がらなかった。

「上様のご指示である」

「……はい」

吉宗の名前を盾に聡四郎は強引にねじ伏せた。

「こちらでございまする」

怯《おび》えながら、明保野が襖を開けた。

「…………」

下段の間と上段の間の間の襖は、よほどのことがないかぎり開かれたままである。

下段の間に入った聡四郎は、上段の間で医師に取り囲まれている長福丸とお付きの中臈菖蒲を見つけた。

「お医師、お世継ぎさまのご様子は如何《いかが》」

下段の間を横切りながら、聡四郎は問うた。

「何者であるか。ここは長福丸さまのご寝所である。男子の入るところではない」

菖蒲が詰問した。

「ご様子は」

それを無視して聡四郎は医師を急《せ》かした。

「お熱は下がっておりませぬ。呼吸はいささか頻発しておりますが、お気色は朝方よりも幾分ましになられたようでございまする」

奥医師が答えた。

「お命に……」

最後まで言わず、聡四郎は予後《よご》を尋ねた。

「まだ……お世継ぎさまのご体力次第としか申せませませぬ」

奥医師がなにもできず情けないとうつむいた。

「解毒はいたしたか」

「きさま、なにを言うか。誰ぞ、こやつをつまみ出せ」

毒を盛られたと断言した聡四郎に、菖蒲がわめいた。

「……お呼びでございまするか」

上段の間襖外で控えていた火の番が菖蒲の呼びかけに応じて来た。

「黙れ」

聡四郎は菖蒲を怒鳴りつけた。

「お世継ぎさまのお世話を任されておりながら、きさまはなにをしていたのだ」

「……お病までは防げぬ」

菖蒲が聡四郎の剣幕に震えた。

「病も寄せ付けぬように、気を配るのが扶育《ふいく》の役であろう。職務怠慢ぞ。言いわけをするな」

聡四郎が菖蒲を糾弾した。

「どうすれば……」

薙刀《なぎなた》を手にした火の番たちが、どちらの指示に従うべきかで戸惑った。

「お医師、お世継ぎさまはお病か」

「種類がわかりませぬゆえ、断定はできませぬが、本道の病にこのような症状を出すものは思いあたりませぬ」

火の番を放置したままで問うた聡四郎に、奥医師が暗に毒だと認めた。

「毒だというならば、即座にお命は危うくなろう」

菖蒲が毒ならば、命が永らえるはずはないと反した。

「毒の量、一緒に摂取したものとの相性、毒が作られてからときが経っていたなどで、効果は変わりまする」

奥医師が菖蒲を見つめた。

「…………」

菖蒲が目を逸《そ》らした。

「上様より、西の丸大奥のこと、一切をお預かりいたした」

「なっ……」

聡四郎の宣言に菖蒲が目を剝いた。

「そなた菖蒲とか申したな」

「いかにも。中臈筆頭である」

菖蒲が胸を張って、権威を見せつけようとした。

「今回の責を咎める」

「妾に責任があると……」

菖蒲が蒼白になった。

「別室にて控えておれ。後ほど厳しく詮議いたす」

「御広敷用人にそのような権はない」

聡四郎の指示に菖蒲が抵抗した。

「こたびの一件に対し、上様より目付同様の権を与えられた」

「そんな馬鹿な」

菖蒲が息を呑んだ。

「妾は、天英院さまの部屋子である。妾を捕まえたければ天英院さまのお許しを得て参れ」

部屋子とは局、あるいは館出身の女中で独立した者のことをいう。庇護《ひご》を受ける代わりに、その指示に従う。

菖蒲の拒否は妥当なものであった。

「天英院さまのご許可は不要である。これは上様のご指示じゃ」

いかに先々代将軍の御台所であろうとも、吉宗よりは格下になる。

「……上様の」

菖蒲が啞然《あぜん》とした。

「天英院さまといえども、お世継ぎさまのご一件に対し、一切の口出しは認められぬ。そこな火の番」

聡四郎は菖蒲から立ちすくんでいる火の番に目を移した。

「はっ」

将軍の権威を出した聡四郎に、慌てて火の番たちが膝をついた。

「この者を預ける。絶えず見張り、厠《かわや》へも一人で行かせるな。自害などせぬよう、懐刀《かいとう》は取りあげておけ」

「懐刀まで取りあげると言うか」

女の操を守るために懐刀はあった。懐刀は襲い来る者を迎え撃つためではなく、操を汚される前に自害するためのものであり、武家の女にとって心の支えであった。

「そなた、わかっておるのか」

聡四郎は怪訝《けげん》な顔をした。

「お世継ぎさまに毒が盛られた。これは謀叛と同じ重罪である」

「謀叛……そんな」

思ってもみなかった話に、菖蒲が蒼白になった。

「まだそなたが下手人と決まったわけではないが、こたびのことで、上様のお怒りはことのほかである。手を下した者はまちがいなく死罪、その実家も当主は切腹、改易《かいえき》は免れまい」

「死罪……」

自害さえ許されず、下人と同じく首を討たれると聞いた菖蒲が身体をぐらつかせた。

「こやつを逃がせば、そなたたちも厳罰を受けることになる。わかったな」

聡四郎は火の番たちにも緊張を強いた。

「はっ、はい」

火の番たちの顔つきが険しくなった。

「菖蒲さま、懐刀をお渡しいただきましょう」

「ぶ、無礼者。目通りもかなわぬ火の番風情が、妾に触れるな」

手を振って菖蒲が嫌がった。

「…………」

火の番は雑用係のお末《すえ》より上というだけの下級女中である。中臈ともなれば、雲の上の存在にも等しい。長年の習慣が火の番をたじろがせた。

「西の丸大奥差配として、菖蒲の中臈職を解く」

無駄な抵抗をする菖蒲にため息を吐《つ》きながら、聡四郎が宣告した。

「お世継ぎさまのお添い寝をした妾を……」

菖蒲が蒼白になった。

中臈でなくなった菖蒲は、西の丸大奥におけるすべての権を喪失した。

「ごめんを」

呆然としている菖蒲から火の番が懐刀を奪い取った。

「……縛《ばく》しましょうや」

「そこまではせずともよい」

縄を打つかと尋ねた火の番に、聡四郎は首を左右に振った。

縄目の恥辱は大きい。冤罪《えんざい》であったとしても縄を打たれたという事実は消えない。菖蒲が無罪放免になっても、このことで大奥にはいられなくなる。そして実家へ帰っても、縄目を受けた女を嫁に迎える旗本はいない。これだけで菖蒲の一生はよくて実家で飼い殺しになる。

「菖蒲、ありのままを語れ。それがそなたにできる最良である。誰に命じられた」

聡四郎は尋問した。

「……なんのことだか」

菖蒲が横を向いた。

「そうか」

それ以上聡四郎は追及しなかった。まだ菖蒲が折れていないと感じたからである。

「絶えず二人以上で見張れ。あと、一切、他の者と接触をさせるな」

火の番に厳しく命じて、聡四郎は菖蒲を退出させた。

「奥医師どの、どうすればお世継ぎさまの治療のためになりましょうや」

聡四郎は訊いた。

武によってなる幕府では、医師の地位は低い。それでも将軍やその家族を診る奥医師は、格別な扱いを受ける。聡四郎はていねいな態度で接した。

「お世継ぎさまに盛られた毒がわかれば、解毒もできまするが……」

奥医師が難しい顔で言った。

「毒物でござるか」

聡四郎も眉間にしわを寄せた。

「お世継ぎさまは、朝、お変わりなかったのでございますな」

「はい。朝餉《あさげ》の最中《さなか》に拝診つかまつりましたが、脈拍も正しく、お熱もなく、舌の色もよろしく、ご機嫌であらせられました」

奥医師の診察は、朝におこなわれる。将軍でも世継ぎでも、朝六つ（午前六時ごろ）の起床から洗顔、朝食という流れが同じであり、その間に奥医師の診察があった。

「お食事の量も」

「はい。いつもと同じく、すべてお召しあがりでありました」

聡四郎の確認に奥医師がうなずいた。

「明保野」

「はっ」

新座敷襖外で控えていた明保野が応じた。

「毒味は怠っておらぬな」

「わたくしは担当でございませぬので……」

保証してなにかあっても困ると明保野が逃げた。

「毒味の女中を連れて参れ」

「はっ、はい」

明保野が急いで走っていった。

「……こ、この者どもでございまする」

すぐに明保野が二人の大奥女中を連れてきた。

「そなたたちが毒味役か」

「はい」

二人を代表して歳嵩《としかさ》の大奥女中がうなずいた。

「異変は感じなかったか」

「なにもございませんでした。のう」

歳嵩の大奥女中が同僚に同意を求めた。

「はい。すべてのものを毒味いたしましたが、なにひとつおかしなところはございませんでした」

若い奥女中も首肯した。

毒味役は、なにかあったのを見逃したら罪になる。明保野とは逆に保証した。

「毒味はそなたたち二人だけか」

「いえ、西の丸台所でも毒味をしているはずでございまする」

問うた聡四郎に毒味役の奥女中が告げた。

世継ぎ長福丸の食事は、西の丸台所で調理されたものを西の丸大奥へ運んで供される。当たり前であるが、台所でも毒味はなされていた。

「膳は三つか」

「はい」

「上様と同じだな」

聡四郎は腕を組んだ。

将軍の膳は、台所から同じものが三人分運ばれた。その一つを囲炉裏《いろり》の間で小納戸《こなんど》から選ばれた毒味役が食し、異常がなければ残りの二つを温め直してから御休息の間へと出す。御休息の間では、ご相伴の小姓《こしょう》が二つの内一つの膳を選んで、将軍が箸を付ける前に口にする。その様子を確認してから、将軍は食事に入るのだ。

台所、囲炉裏の間、御休息の間と三カ所で毒味がなされる。

お世継ぎも同じような経緯を経ていると聡四郎は知った。

「……そういえば、お世継ぎさまはお箸をお使いなさるか」

まだ長福丸は幼い。箸をうまく使えるかどうかを聡四郎は問うた。

「いえ。いつも菖蒲さまがお取りあそばして」

菖蒲が介添えしていると毒味役の女中が告げた。

「明保野」

「は、はい」

今度はなにを言われるかと明保野が震えた。

「菖蒲の局を探索いたせ。反故紙《ほごがみ》一枚残さず、工藤に渡せ」

さすがに女の部屋を男が探るのはまずい。聡四郎は明保野に命じた。

「お中臈さまの……」

「すでに中臈職は解いた」

明保野が二の足を踏んだ。

「ですが、天英院さまの……」

大奥の権力者に刃向かうことになることを明保野が怖がった。

「安心いたせ。今より、上様に菖蒲のことをご報告申しあげて参る。西の丸大奥にかんしては、吾が差配を命じられている。天英院さまのことを気にせずともよい」

「ですが、わたくしも本丸大奥へ帰るやも……」

「お世継ぎさま、あられるかぎり、そなたは西の丸大奥務めとする」

不安がる明保野に、聡四郎は命じた。

「わかったな。お世継ぎさまがあられるかぎりというのをよく考えよ」

長福丸に万一があれば、ただではすまさぬと脅しを入れて、聡四郎は西の丸大奥を後にした。

第二章　近遠離合

一

天英院と姉小路は表情を強《こわ》ばらせていた。

「まさか、あそこまで早い対処をするとは……」

姉小路が唖然とした。

「菖蒲が押さえられてしまいました」

当初はすぐに人事異動を発令し、菖蒲を本丸大奥へ戻して、病として始末する予定であった。だが、それ以上に吉宗の対応が早かった。

「紀州の田舎猿め……。妾《わらわ》の配下にも手出しするなど」

天英院も吉宗を罵《ののし》るしかできなかった。

「西の丸大奥差配だと……まさか、本丸大奥にも差配などという役目を作るつもりではなかろうな。大奥は御台所のものじゃ。たかが旗本風情の支配を受けることなどないわ」

聡四郎の新たな役職に、天英院は憤慨していた。

「……お方さま、今は、それよりも」

姉小路が大奥の支配権よりも大事なものがあると諭した。

「菖蒲をどうするかなど、決まっておろうが」

大したことではないと天英院が述べた。

「決まっている……どういたせば」

「菖蒲の口から薬の出所が漏れては困るのだ。ならば、急ぎ口を利けぬようにするしかあるまいが」

「どうやってでございましょう」

あっさりと言った天英院に姉小路が問うた。

本丸大奥ならば、いくらでもやりようはある。だが、西の丸大奥となれば、かなり手立ては限定された。

「人をやればよかろう。菖蒲に会わせ、自害するように命じよ」

「菖蒲への面会はできませぬ」

力なく姉小路が首を左右に振った。

「なぜじゃ。菖蒲は妾が部屋子であろう。部屋子といえば子も同然。親として、なぜそのようなまねをしたのか訊くために人をやるのは当然であろう」

不思議そうに天英院が首をかしげた。

「西の丸大奥差配水城の名前をもって、誰一人として面会できませぬ」

「そのていどの者、妾の名前で押しきればよい」

天英院が強行すればすむと言った。

「いけませぬ。そのようなまねをしたあと、菖蒲が自害すれば、疑いはお方さまに向きまする」

「妾を疑ったところで、先々代家宣さまの御台所じゃぞ。妾を咎めだてることなど、吉宗づれにできるはずはない」

幕府が思想の根本としているのは、儒教である。儒教は孝《こう》と忠に重きを置いている。七代将軍家継の養子となって、八代将軍の座に就いた吉宗である。義理を重ねる形とはいえ、天英院の孫になる。孫が祖母を裁くのは、忠孝を推奨している幕府の長として厳しい。

「お方さまを咎めることはできずとも、我らならばできまする」

「そなたたちを咎めると申すか。それがどうしたのだ。妾には傷が付かぬのだろう」

「…………」

配下たちをなんとも思っていない天英院に姉小路が詰まった。

「……お方さまのお世話をする者がおらなくなりまする」

「館全部の女中を咎めるとでも申すか」

「はい。それならば、将軍の権威でできまする」

姉小路が告げた。

「別に困るまい。すぐに別の女中を召し出せばすむ」

「……お方さま」

さすがに姉小路が嘆息した。

「なんじゃ」

「そのときは、わたくしはもとより、館の女中は皆いなくなりまする。お方さまのご衣装のお好みを知っている出羽《でわ》も、お方さまのなさりたいことを先読みして用意する出雲《いずも》もおりませぬ。新しい女中になにかをさせたいとなれば、すべてお方さまが指示なさらなければなりませぬ」

わからないといった風の天英院に姉小路が語った。

「なにっ。さすれば朝のお目覚《めざ》の茶も用意されないと……」

「はい。お着替えの小袖の選択も御自《おんみずか》らなさっていただくことになりまする」

姉小路がうなずいた。

「それはならぬ」

他人に尽くされることに慣れた者は、いきなりなんでも自分でしなさいといわれるのがもっともきつい。天英院がようやく事態の重大さを理解した。

「妾の名前で菖蒲に会えぬとなれば……」

天英院が悩み出した。

「西の丸大奥に入れてある手の者を使って、菖蒲を害せ」

「難しゅうございまする。菖蒲は窓のない部屋に閉じこめられ、その周囲を何重にも火の番どもによって警固されておりまする」

西の丸大奥の手の者から、姉小路はしっかり状況を聞いていた。

「忍でもなくば、とても菖蒲の側には近づけませぬ」

「……忍。その手があったな」

姉小路の一言に、天英院が手を叩いた。

「館林の山城帯刀《やまきたてわき》に命じよ。そもそも、あの毒は山城帯刀が用意したもの。その責を取らせよ」

「……………」

長福丸を殺すことで吉宗へ打撃を与える。そして新たな世継ぎに松平右近将監清武をはめこむ。そう言って毒の手配を命じたのは天英院であった。

姉小路は黙った。

「他の者にさせるわけにはいかぬ。そなたが直接出向け」

「では、代参をさせていただきまする」

天英院の命に、姉小路が従った。


代参とは江戸城大奥から出ることを許されない御台所や将軍側室などに代わって、寺社へ参詣、あるいは墓所へ参拝する行為をいう。

翌朝、姉小路は天英院の願いとして、亡夫家宣の墓所増上寺へ代参に出た。

「よくぞ、お参りをくださいました」

増上寺の僧侶が総出かと思えるほどの扱いで、姉小路を出迎えた。

これは姉小路が天英院の代理、すなわち御台所の格で訪れたからであった。

「家宣公のお身内である館林松平家からも、墓前へ額《ぬか》ずく者を呼び寄せよとの天英院さまのお望みである。江戸家老の山城帯刀をこれへ」

姉小路が出迎えの僧侶に命じた。

「ただちに」

僧侶が館林藩上屋敷へと使僧を走らせた。

「……天英院さまの代参で姉小路さまが……」

増上寺の僧侶から用件を聞かされた山城帯刀は無表情を貫いた。

「わかりましてございまする。ただちに向かいまする」

「では、よしなに」

お布施という名の小遣い銭を僧侶に渡して追い払った山城帯刀は、天井を見あげた。

「藤林《ふじばやし》、おるのだろう」

「うむ」

天井板が一枚はずれて、そこから黒い影が落ちた。

「長福丸が倒れたと聞いているだろう」

「ああ」

確認した山城帯刀に伊賀の郷忍の頭領藤林耕斎《こうさい》がうなずいた。

「毒が効かなかったようだな」

出入りの蘭方医に山城帯刀が調合させた毒は、大人を死なせるほど強いものであった。しかし、まだ幼い長福丸は高熱を発しながらも生きていた。

「量をまちがえたとしか思えぬ」

山城帯刀が苦い顔をした。

「その後始末であろうな」

天英院がわざわざ腹心の姉小路を寄こした。その意味を山城帯刀はしっかりと読み取っていた。

「陰供《かげとも》を頼む」

「わかった」

藤林耕斎が承諾して、天井裏へと消えた。

「駕籠《かご》を用意いたせ」

代理とはいえ天英院の呼びだしである。これ以上遅らせるわけにはいかなかった。

山城帯刀は急いで増上寺へと向かった。

名分のためとはいえ、家宣の菩提を弔わなければならない。姉小路は延々と続く読経《どきよう》を座って聞いていた。

「山城帯刀でございまする」

小声で名乗りながら、山城帯刀が本堂へと入ってきた。

「…………」

目だけで姉小路は応じ、読経が終わるまで待った。

「では、御墓所へご案内を仕りましょう」

半刻《はんとき》（約一時間）以上かけた読経がやっと終わった。

増上寺本堂の裏手に、代々の将軍墓所はあった。

ここでも読経はあったが、本堂のものに比して簡略ですんだ。

「ようこそのお参りでございました。後ほど庫裏《くり》にお寄りくださいませ。お茶など進ぜましょうほどに」

墓前での役割を終えた僧侶が、下がっていった。

「姉小路さま」

大奥女中と二人きりで長くいるわけにはいかない。さっさと用件を切り出せと、山城帯刀が急かした。

「長福丸は死ななかったぞ」

最初に姉小路は山城帯刀を責めた。

「まちがいなく、お使いになられましたか。手で触らず、できるだけ包装を解かない。きっちり大人一人分しかないので、分けて使わない」

渡すときに告げた注意事項を遵守したのかと訊きながら、山城帯刀がそちらにも責任はあるだろうと暗に反論した。

「…………」

姉小路が黙った。

「やはり……」

それだけで山城帯刀が悟った。

「薬の量を減らしたか、包装を解きましたな。あれは湿気《しけ》ると効能が落ちる薬でございました」

山城帯刀がそっちの失策だと咎めた。

「そなたがもっとしっかり説明をせぬからだ」

姉小路が無茶な言いがかりをつけた。

「なにより、お方さまが薬をご覧になりたいと仰せられたのだぞ。それを止められるとでも」

「……………」

今度は山城帯刀が黙る番であった。

「……まあよい。今さら責任の所在をあきらかにしたところで無意味である」

「さようでございまする」

二人が顔を見合わせた。

「問題は、薬を盛った中臈が捕らえられたことだ」

「中臈さまが……」

大奥女中は罪の埒外《らちがい》だと思っていた山城帯刀が目を剝いた。

「目付が大奥へ手出しをするなど」

「御広敷用人じゃ。上様は御広敷用人に大奥目付の権をお与えになった。ああ、もちろん、西の丸だけで、本丸は別じゃ」

事情を姉小路が説明した。

「菖蒲はお世継ぎさまのお側付きであったということで拘束された。まだ、罪は決まっておらぬが、そう長くは保《も》つまい」

「その中臈がしゃべる前に口を塞《ふさ》げと」

山城帯刀が確認を求めた。

「…………」

無言で姉小路が肯定した。

「菖蒲が白状すれば、累《るい》はお方さまに及ぶ。さすがにお方さまを死なせるわけにはいくまいが、終生閉じこめくらいはいくであろう。そして、お方さまのお側にいた我らは死あるいは追放になる」

姉小路がそこで山城帯刀を見つめた。

「……こちらにも手が及ぶと言われるか。あなたが口をつぐめばすむことでは」

こちらから毒が提供されたと知っているのは、天英院と姉小路だけだと山城帯刀が述べた。

「妾は黙って死んでいこう。だが……」

「お方さまが漏らされると言われるか」

姉小路が口にしなかったことを山城帯刀が言った。

「あのお方は、あくまでも五摂家の姫さまなのじゃ。己に害さえ及ばねば、なんでも切り捨てられる」

「発案者はお方さまでございまするぞ」

山城帯刀があきれた。

「上に立つお方は、そういったものであろう。そなたも五菜《ごさい》を見捨てたではないか」

「それは……」

言われて山城帯刀が詰まった。

軽輩の藩士を大奥との連絡係として送りこんだ山城帯刀は、五菜と呼ばれる下働きとなった男を利用して竹姫を襲わせた。警固として竹姫に付いていた袖によって五菜は取り押さえられ、計画は破綻《はたん》、山城帯刀は五菜の家族を皆殺しにして、かかわりなしの形を取っていた。

「菖蒲を殺さねば、我らが死ぬ」

「それをいたせと」

「そうじゃ。我らにそのような手段はない」

姉小路が認めた。

「なんでも汚れた仕事は、こちらに押しつける」

山城帯刀が憤慨した。

「見返りがあるどころか、お方さまのご無心も際限がない」

大奥女中にとって、同じ衣服を続けて着るのは恥になる。季節ごと、行事ごとに新調するのが慣習になっている。それの費用を無駄として吉宗は引き締め、金の手配ができなくなった天英院は、夫の弟である松平右近将監へ強請《ねだ》るようになった。

「いつまで経っても、殿に九代将軍の話は参らぬ。殿が九代将軍になられたあかつきには、拙者を譜代大名にしてやるとのお約束も果たしていただけるとは思えぬ」

いろいろな手立てをしてきたが、そのすべてが吉宗とその配下によって潰《つい》えてきた。そして、起死回生として用意した毒薬が、ぎゃくに己の首を絞めにかかってきている。

「どころか、見捨てられるでは、たまらぬ」

「…………」

妥当な物言いに姉小路は言い返せなかった。

「……見返りを寄こせと」

「そう願いたい」

確かめるように訊いた姉小路に、山城帯刀が首肯した。

「なにを求めまする」

「まず、二度とお方さまのご無心はなしにしていただく」

金の余裕など、館林家にはない。山城帯刀がもう天英院の強請《ねだ》りに応じられないと言った。

「お方さまに恥をかけと」

同じ衣装を身につけて、月見や花見、歌会に出るなど、見栄だけで生きている大奥女中にとって矜持《きょうじ》をいたく傷つけられる行為であった。

「…………」

山城帯刀が沈黙で応じた。

「……やむを得ぬ。お方さまにはこちらからお願いしておこう」

姉小路が山城帯刀の決意の固さに、折れた。

「次に、当家を御三家格に引きあげ、甲府《こうふ》城と五十万石を与えていただきたい」

「無茶な……そのような権、お方さまにはございませぬ」

姉小路が慌てた。

「それくらいはできましょう。当家の殿は、六代将軍家宣さまの弟君。御三家よりも血筋はお近い。ご老中の方々にお話しいただければ、すぐとはいかずとも、かならずなりましょう」

甲府は家宣が将軍になる前に治めていた領地である。松平右近将監ともかかわりはある。いや、本来ならば家宣の跡継ぎ、甲府藩の主となるべきであった。それが、吉宗同様生母の身分が不足として、甲府ではなく館林へと封じられた。

「約束はできぬが、執政の者どもにお方さまのお名前で打診だけはいたそうぞ」

将軍の正室に、大名を加増あるいは取り立てる権はない。姉小路は努力するとしか言えなかった。

「結構でござる。九代将軍になれぬとあれば、せめて将軍の一門としてふさわしいだけの処遇をしていただきたい」

「あきらめるのか」

将軍の息子たちへ付けられた家臣たちは、そのほとんどが元旗本であった。一応、直臣《じきしん》格とされてはいるが、実態は陪臣《ばいしん》にすぎない。かつての同僚、親戚にも遠慮しなければならない理不尽を解消するには、主君を将軍にするしかないのだ。それを山城帯刀は悲願としていた。姉小路が驚いたのも無理はなかった。

「殿はお歳じゃ。ここまで来てしまえば、夢を追うより実利を取るべきでござろう。紀州から御三家格にさえなっておけば、いつか将軍を出せるときも参りましょう。吉宗が入ったように」

山城帯刀は未来に期待すると言った。寛文《かんぶん》三（一六六三）年生まれの松平右近将監清武は、五十四歳になる。もともと八代将軍候補でありながら、吉宗に負けたのは血筋と越智《おち》氏を名乗っていたこともあるが、そのじつは年齢にあった。

松平右近将監は、吉宗よりも二十一歳歳上であった。

「将軍家がそうそう交代するのは、天下安泰にもよろしからず」

老中たちは、松平右近将監の寿命を数えた。

結果、吉宗が八代将軍に推戴《すいたい》された。

「なるほどの」

「それにこれだけ失敗を重ねられては……」

山城帯刀の策をすべて、天英院が潰したといっても過言ではなかった。

「…………」

同意するわけにはいかない。姉小路が黙った。

「では、菖蒲の始末はいたしておきまする。が、これにて今後当家へお声をおかけにならぬようにお願いをいたしまする」

姉小路の返答を待たず、山城帯刀が踵を返そうとした。

「待ちやれ」

「まだなにかございまするので」

露骨に頬をゆがめて山城帯刀が嫌な顔を見せた。

「前に任せたことはしてのけよ」

「……前に」

姉小路の言葉に山城帯刀が首をかしげた。

「竹姫じゃ。竹姫を片付けると約したのは、縁を切る前のこと。それをせねば、お方さまにお願いなどできる立場ではない」

「まだ、我らに働けと」

「人聞きの悪いことを言うな。最後までやり通せと申しておるだけじゃ。当然であろう。引き受けたのはそなたじゃぞ」

「…………」

「申しつけた」

固まった山城帯刀を残して、姉小路が去った。

「どこまで喰いものにするつもりだ。竹姫が死ぬまで、館林は天英院さまとの縁が切れぬのか」

一人残った山城帯刀が呆然とした。

「お恨みしますぞ、家宣さま。なぜ、幼君ではなく右近将監さまに将軍の座をお譲りくださらなかった」

山城帯刀が家宣の墓に苦情をぶつけた。

二

紅《あかね》は大きなお腹を抱えながら、屋敷で真剣に悩んでいた。

「安産のご祈禱ならば、すぐにでもわかるんだけど……」

竹姫の依頼は病気平癒《へいゆ》なのだ。安産祈願であちこちに出歩いている紅だが、お産は病ではないと言われている。

「お産も命がけには違いないんだけどねえ」

産み月が近づいた紅は、初産《ういざん》の不安を感じていた。

「でも、あの竹姫さまのお願いだからねえ。なんとかしてあげたい」

考えに詰まった紅は縁側に出た。

「甘い、その踏みこみでは致命傷を与えられぬ。小太刀の刃渡りを身体で覚えよ」

「はい」

庭では入江無手斎《いりえむてさい》と大宮玄馬《おおみやげんば》が剣の稽古をしていた。

「右足がうちに入ったぞ」

入江無手斎が手にしていた杖で、大宮玄馬の左足を払った。

「うおっ」

大宮玄馬がかろうじて踏ん張った。

「ふん、少しは腰が落ちつくようになったの」

京から帰ってきた大宮玄馬の成長を入江無手斎は認めていた。

「やあっ」

体勢を取り直した大宮玄馬が薙《な》いだ。

「間合いを取るためだけの薙ぎは悪手だと教えたはずじゃ」

少しだけ身体を反らして、大宮玄馬の一撃をやり過ごした入江無手斎が踏みこみざまに、杖を振った。

「あっ」

手首を打たれた大宮玄馬が木刀を落とした。

「それまで」

稽古の終わりを入江無手斎が宣した。

「ありがとうございまする」

打たれた手を押さえずに、大宮玄馬が一礼した。

「冷やしてこい。骨に傷はつけておらぬが、放っておくと腫《は》れるぞ」

見栄を張る大宮玄馬に入江無手斎があきれた。

「……ご免を」

見抜かれた大宮玄馬が手を押さえながら、井戸端へと行った。

「奥方、どうかなさったかの」

入江無手斎が振り向いた。

「いえね、相変わらずお強いなと」

紅が感心した。

「なあに、年の功というやつでござる。もう、玄馬は儂《わし》の手の及ばぬところに至っておりますでな。そろそろ負けましょう」

うれしそうに入江無手斎が頰を緩めた。

「楽しそう」

「師にとって、弟子に抜かれることがなによりの喜び」

「悔しくはないんですか」

紅が問うた。

「負けて悔しいのはござるがの。吾が教えが正しかったとの証明でもありますのでな」

入江無手斎が誇らしげな顔をした。

「この子の指導もお願いしますね」

紅がお腹を撫《な》でた。

「片手が遣えぬ剣術遣いに弟子は取れませぬぞ」

宿敵との戦いで片腕の機能を失った入江無手斎が断った。

「剣を教えていただかなくてもいいんです。人としての心構えを語ってやってくださいな。旦那さまにはできそうにないですから」

「それまで生きておられれば、お話しくらいはできましょう」

紅の望みに、入江無手斎がうなずいた。

「ところで、お師《し》さま」

夫聡四郎の師匠でもある入江無手斎を紅はこう呼んでいた。

「なにかの」

入江無手斎が首をかしげた。

「病気平癒で霊験《れいげん》あらたかながら、あまり偉そうでないところをご存じでは」

悩みのもとを紅が入江無手斎に投げた。

「みょうな注文でござるの」

入江無手斎が相反するに近い条件に苦笑した。

「竹姫さまのお願いでござるな」

すぐに入江無手斎が思いあたった。

「そうなんですよ。竹姫さまは、上様のおためになりたくて……」

妹のように紅は竹姫をかわいがっている。

「女も男も、惚れた相手には尽くしたくなるものでござるでな」

入江無手斎が微笑んだ。

「病気平癒でござったな。それならばよいところがござる。五條《ごじょう》天神社さま」

「五條天神社さま……」

「上野《うえの》不忍池《しのばずのいけ》近くにある、さほど大きな社《やしろ》ではございませんがな。千年以上前に日本武尊《やまとたけるのみこと》さまがご建立《こんりゅう》なされたという言い伝えがござる。御祭神は、薬をこの世にもたらされた薬王神の少彦名命《すくなひこなのみこと》さまでござる」

入江無手斎が語った。

「剣術遣いはよく怪我をいたしますでな。こういった身体を治してくださる神さまとは縁が切れませぬ」

「それはそうでございますね。お師さま、ありがとうございました。これで竹姫さまのお願いを果たせます」

紅が頭を下げた。

「いやいや。年寄りにできることの一つでござる。さて、わたくしも汗を拭いに行くといたしましょうぞ」

手を振って入江無手斎が離れていった。

「竹姫さまにお伝えする前に、一度足を運んでおかなきゃいけないねえ」

吉宗の想い人を行かせるにふさわしいかどうかを確認しておかなければならない。

「でも、このお腹じゃ、ちょっと歩いて上野は辛い」

いつ生まれてもおかしくない。紅はためらった。

「父にお願いするしかないみたい」

紅は駕籠と手助けをしてくれる人手を相模屋伝兵衛《でんひょうえ》に求めることにした。

菖蒲はよくがんばっていた。

「すべて語って、御上《おかみ》のご慈悲を願うべきだぞ」

西の丸大奥御広敷筆頭添番工藤が、菖蒲をなだめすかしていた。

「妾はなにも存ぜぬ」

菖蒲が否定した。認めれば一族郎党磔《はりつけ》獄門になる。

「そなたは天英院さまの部屋子だ。指示を受けたな」

聡四郎も問うてみた。

「たしかに天英院さまのご薫陶《くんとう》を受けはしたが、西の丸大奥へ移ってからはおつきあいも途絶えておる」

菖蒲が首を横に振った。

「どのような毒であった。見た目だけでも教えてくれ。さすれば、お世継ぎさまにお出しする薬がわかる」

奥医師が菖蒲にすがった。

「……知らぬ」

一瞬の間を置いて、菖蒲が目を逸らした。

「お添い寝の中臈の意味はわかっているだろう」

工藤が続けた。

「お世継ぎさまに、閨ごとをお教えするのがお添い寝中臈の役目。それは次代の将軍を身に宿すことでもあるのだぞ」

お添い寝の中臈は、将軍世子の最初の女になる。当然、子供ができることも考えて、ふさわしいだけの家柄から選ばれた栄誉ある役目であった。もし、うまく男子を産めば、十代将軍になるか、継嗣《けいし》の資格を持つ一門大名の生母となる。となれば、実家の栄達も保証された。

「何十人といる大奥中臈のなかから、ただ一人選ばれたことを誇りに思わぬのか。選ばれたとき、実家の父は、母はどうであった。喜んでくれたのだろう」

「…………」

聡四郎の言葉に、菖蒲が動揺した。

「おいっ、聞こえて……」

「抑えよ」

沈黙した菖蒲を怒鳴りつけた工藤を、聡四郎は制した。

「一晩、ゆっくり考えるがよい。明日の朝、もう一度だけ問う。それで返事がなければ、実家へ目付を送る」

聡四郎は最後通告を菖蒲に下した。

「上様のご辛抱とお慈悲をこれ以上期待するな」

吉宗の苛烈さは、天下に知れ渡っている。吾が子を殺されかけた吉宗に、温情を求めるほうがまちがっていた。

「もう一度閉じこめておけ」

聡四郎は同席していた火の番たちに命じた。

「はっ。立ちませい」

火の番が菖蒲の右手を引き、出ていった。

「強情な」

工藤があきれた。

昨日の探索で菖蒲の局から、薬を包んでいたと思われる紙が見つかっていた。

「これは……南蛮薬か」

見たこともない紙に奥医師が反応した。

「ああ、わずかな光明が見えた」

奥医師はようやく治療方針の目途《めど》を付けた。漢方の薬は基本として滋養強壮を目的とするものが多く、体質を改善して病に打ち勝とうとする。対して南蛮薬は特定の効果だけを強めたものがほとんどであり、その薬効がわかれば、対処も自《おの》ずから見える。奥医師が菖蒲に薬のことを訊いたのは、それがわかるだけでかなり解毒薬の範囲を狭められるからであった。

しかし、それでも菖蒲は口を割らなかった。

「落ちましょうや」

長福丸が助かろうとも、将軍世子に毒を盛った罪は消えない。死は免《まぬか》れなかった。工藤は菖蒲がしゃべらないのではないかと危惧した。

「罪を免れることはありますまい」

死が確定している。希望がなければ、すなおに自白はしない。自白は罪を軽くしてもらうためにおこなうものだからだ。

「あの者の話す内容次第であろうな。これ以上は座を移そう。いかにお役目とはいえ、ここでする話ではない」

聡四郎が筆頭添番を促して、西の丸大奥を出た。

「……差配さま」

御広敷番頭部屋へ入ったところで、工藤がさきほどの話の続きを求めた。

「菖蒲が、天英院さまの指図であったと述べ、それなりの証を出せば……罪一等を減じられると思う。たぶんどこぞの大名家への永《なが》の預けくらいですむだろう。上様にとって、人を斬った太刀を潰すよりも、それを振るった者を討つことが肝心である」

吉宗が求めているのは天英院を放逐《ほうちく》するだけの理由だと聡四郎は承知していた。

「上様の目的は……天英院さま」

工藤が息を呑んだ。

「もちろん、第一の目的は長福丸さまのご回復である。これはたしかなこと。しかし、上様は決してやられたままで退《ひ》かれるお方ではない。殴られたなら蹴り返す。刺されたならば突き殺す。矢を射られたら、大筒を返す」

まだ紀州藩主だったころからのつきあいなのだ。聡四郎は吉宗の気性をよくわかっている。長福丸の回復に、医者や僧侶神官でもない吉宗や聡四郎はなんの役にも立たない。ならば、報復を考えたほうがいい。

「その上様を怒らせたのだ。どのような……」

聡四郎は吉宗の復讐を思って、震えた。

「……ごくっ」

工藤が音を立てて、唾《つば》を呑みこんだ。

「吾は本丸へ戻る。身許の知れたお医師以外、誰も西の丸大奥へ入れぬよう。五菜もならぬ」

黒幕とすれば、菖蒲を始末するのがもっとも効率の良い証拠隠滅になる。聡四郎は工藤に釘を刺した。

「承知」

さんざん吉宗の怖さを聞かされた工藤が、背筋を正した。

西の丸御広敷を出て、本丸へ戻る聡四郎の表情は固かった。

「防げまい」

聡四郎は菖蒲の殺害を工藤では防げないと考えていた。

「正面から西の丸大奥へ入る手立ては封じた」

思ったよりも大奥の出入りは多い。宿下がりする女中、庭木の手入れをする職人、女中の代わりに買いものや手紙の配送などをこなす五菜など、出入りは激しい。もっともこれらは御広敷番の管轄する七《なな》つ口《ぐち》からになり、十分対策できる。

「問題は忍……」

御広敷用人になって以降、聡四郎は伊賀者とのかかわりが増えた。今では配下に組み入れられた御広敷伊賀者と戦ったこともある。伊賀の郷忍《さとしのび》にいたっては、未だに敵対したままなのだ。

「藤川義右衛門《ふじかわぎえもん》も生きている」

痛撃は与えたが、もと御広敷伊賀者頭で聡四郎を仇敵《きゅうてき》としてつけねらう藤川義右衛門は、京まで聡四郎を追いかけてきた。江戸に戻ってからは、その姿を確認できていないが、来ていないと考えるのは甘い。

「それにやむを得ぬ事態であったとはいえ、伊賀の郷忍を江戸へ二人連れてきてしまった」

京からの帰り、道中の危険がいや増したため、聡四郎は金で伊賀の郷忍を警固に雇った。

金を受け取った以上、今までの怨讐《おんしゅう》は忘れて仕事をするのが、伊賀の郷忍だとは知っている。とはいえ、それは最初に決めた約束を果たすまでであり、江戸の屋敷まで無事に送り届けるという任を果たした以上、伊賀の郷忍がそこからなにをしようとも、聡四郎には苦情を一切言えない。

「御広敷伊賀者に西の丸大奥の状況を訊かねば……」

聡四郎は足を速めた。

三

御広敷には、伊賀者の詰め所が二カ所あった。一つは御広敷御門を入ってすぐにある伊賀者詰め所で、もう一つが御広敷伊賀者頭が詰める御広敷伊賀者番所である。御広敷伊賀者番所は、御広敷用人部屋の隣にあり、下の御錠口の警衛も兼ねていた。

「誰かおるか」

聡四郎は御広敷伊賀者番所の襖を引き開けた。

「……これは水城さま」

御広敷伊賀者番所には、藤川義右衛門放逐の後を受け、山里郭《やまざとくるわ》伊賀者から転じてきた山崎伊織《やまざきいおり》が詰めていた。

「当番か」

「さようでござる」

山崎伊織がうなずいた。

「西の丸の警固はどうなっている」

聡四郎は前置きもなく、尋ねた。

「一組割《さ》いておりますが……」

言われた山崎伊織が苦く頬をゆがめた。

「お世継ぎさまのこと、まことに申しわけなく……」

西の丸大奥の警固、長福丸の陰供は御広敷伊賀者の役目であった。山崎伊織が深々と詫びた。

「今回のこと、伊賀者の責ではない」

聡四郎は首を左右に振った。

「かたじけのうございまする」

山崎伊織が、平伏したままで感謝した。

「人を増やすわけにはいかぬか」

聡四郎は西の丸大奥の警固を厚くできないかと問うた。

「難しゅうございまする」

顔をあげた山崎伊織が険しい表情になった。

「御用人さまもご存じのとおり、御広敷伊賀者は六十四名からなりまする。それを当番、非番、宿直《とのい》番にわけて、本丸大奥と西の丸大奥に配しておりまする」

山崎伊織が説明を始めた。

「西の丸に人を増やせば、本丸が手薄になりまする」

「むうう」

本丸大奥には竹姫がいる。その護《まも》りを薄くすることはできなかった。

「非番の者を西の丸大奥へ回すという手もございますが、当番、宿直番の間、ずっと気を張っているだけに、非番のおりに気を緩めませぬと、思わぬ失敗をしでかすことにもなりかねませぬ」

申しわけなさそうに山崎伊織が述べた。

「穴を生んでは意味がない」

聡四郎は嘆息した。

「来るとお考えでございますか」

山崎伊織が訊いた。

「うむ。中臈が生きていてはまずいだろう」

聡四郎は認めた。

「中臈を護るだけならば、わたくしだけでも」

「おぬしがか。そうしてもらうと助かる」

一緒に京まで行った山崎伊織の腕と人柄を聡四郎は高く買っていた。

「ただ、十全《じゅうぜん》に対応できるのは三日が限度でございまする」

長期は無理だと山崎伊織が述べた。

「三日までならば、一睡もせず、食事も厠もなしで防いでみせまする」

「飲まず食わず、眠らずに三日もか」

聡四郎は今さらながら、伊賀者の凄さに目を剝いた。

「相手は忍でございますな」

「おそらく、伊賀の郷忍であろう」

確認に聡四郎は首肯した。

「おぬしの他にもう一人、二人出せれば……」

「交代があれば、もう少し耐えることはできまするが、その代わり隙も生まれまする。一人でないという安心感や、交代のときなどを狙われると……」

こういうときは一人がいいと山崎伊織が告げた。

「敵が多人数できたら……」

「それはありますまい」

聡四郎の懸念を山崎伊織が一言で否定した。

「伊賀忍の刺客は、目的を果たして帰還するのが決まりでございまする。決して命を懸けて、自爆に巻きこむようなまねはいたしませぬ」

山崎伊織が説明を始めた。

「己も死んでしまえば、たとえ刺客の役目を果たしても、それを報せることができなくなりまする」

「影武者かどうかを報せることができぬということだな」

聡四郎は山崎伊織の言いたいことを理解した。

「さようでございまする。そして、生きて帰るには、できるだけ静かにことを運ばねばなりませぬ」

「目立っては、他人《ひと》の注意を集めてしまう」

「はい」

うなずいた山崎伊織が続けた。

「人は群れると、どうしても気配を発しまする」

「ああ」

兄の死で家督《かとく》を継ぐ前は剣術遣いを聡四郎は目指していた。山崎伊織のいう気配を聡四郎はわかっていた。

「まして江戸城でござる。江戸城は内郭《うちぐるわ》を甲賀《こうが》、御殿を伊賀の、二重結界で包んでございまする。なかへ侵入しようと考える者は、この結界に穴を開けねばなりませぬ」

「多人数だと結界に開ける穴が大きくなる」

「いかにも。穴が大きくなれば、気づかれやすくなりまする」

山崎伊織が聡四郎の見解を認めた。

「ゆえに一人だと」

「忍を刺客に使う意味は、人知れずにござる」

もう一度山崎伊織が言った。

「頼む。おそらく、今日、明日にはかたが付くはずだ」

聡四郎が山崎伊織に依頼した。

「今日の当番を終え次第、西の丸へ参りましょう」

山崎伊織がうなずいた。

「下の御錠口を開く」

そのまま聡四郎は大奥の扉へ足を運んだ。

「席を外しましょうや」

大奥女中との会話は聞かれてまずいときもある。下の御錠口を警衛している御広敷伊賀者といえども、他人《ひと》払い対象になった。

「いや、ここで話すのではない」

不要だと聡四郎は手を振った。

「何用か」

「御広敷用人水城聡四郎、竹姫さまのご依頼について……」

問われた聡四郎は下の御錠口番へ用件を伝えた。

「しばし待たれよ」

下の御錠口番が、竹姫の局へと使者を走らせた。

「待たれよか……ずいぶんと丁重になったものだ」

伊賀者番所で聡四郎は感心していた。

少し前まで、竹姫付きの用人とはいえ、御錠口番の対応はかなり上からのものであった。

「待て」

犬へ命じるとき並みの短い指示を聡四郎は受けてきた。それが変わっていた。

「竹姫さまが、それだけ重きをなしたということよ」

大奥女中たちの態度が、露骨に格を表す。これは竹姫が忘れられた姫から、次の主へと昇格した証拠でもあった。

「これで少しは安心できる」

大奥全体が冷たかったときは、すべてに対して緊張をしていなければならなかった。が、今は敵対している天英院を注視していればすむところまで来ている。

「もちろん、油断は禁物じゃ」

天英院は六代将軍家宣とともに江戸城に入った。大奥に君臨して七年になる。七代将軍家継の生母月光院という敵はいたが、それでも大奥の主であったには違いない。その影響力は根強い。思わぬところに手の者が潜んでいるかも知れなかった。

それでも竹姫への大奥女中たちの対応が柔らかくなることは、歓迎すべきであった。

女の嫉妬は強い。だが、同時に変わり身も早い。とくに大奥という女だけの砦《とりで》では、誰が力を持っているかをしっかりと把握しなければ、大変な目に遭う。そして、次は誰の天下になるかを見抜かないとやっていけない。

「上様もご安堵《あんど》なさろう」

聡四郎は長福丸のことで高まっていた緊張が、少し和《やわ》らいだ気がした。

「御用人どの」

御錠口番が戻って来た。

「竹姫さまが直々にお目通りをくださる。御広敷座敷、上段の間襖際にてお控えくだされ」

「……竹姫さまが」

告げられた聡四郎は驚いた。

直接竹姫へ言上するほどのことではない。ただ神社の名前を伝え、了承を得たならば、聡四郎が代参するだけのはずだった。

「まさかと思うが……」

嫌な予感を覚えながら、聡四郎は下の御錠口を通過した。

大奥女中の歩みは遅い。これは急げば足さばきが雑になって裾が乱れるからである。くるぶし以上が見えるのを武家ははしたないとして嫌っていた。

また、竹姫の局は御錠口からかなり遠い奥になる。

聡四郎は、御広敷座敷に入ってから、小半刻《こはんとき》（約三十分）以上待った。

「竹姫さま、お出《い》でてでございまする」

先触れとして顔を出したのは袖であった。

「はっ」

聡四郎は両手をついて、頭《こうべ》を垂れた。

大きく襖が開けられる気配と衣擦《きぬず》れの音がした。

「水城、待たせたか」

竹姫が聡四郎に声をかけた。

「いえ。竹姫さまにはお変わりなく」

待っていても待っていないというのが決まりのうえ、将軍世子が高熱で倒れているのだ。お慶《よろこ》び申しあげますなどの言葉は遠慮しなければならない。

「うむ。おかげで息災《そくさい》じゃ」

聡四郎の答えに、竹姫が満足げにうなずいた。

「紅さまに変わりはないか」

「おかげさまを持ちまして、順調に過ごしておりまする」

妻の様子を尋ねてくれた竹姫に、聡四郎は感謝をした。

「この度は、妾の願いを果たしてくれたようじゃの」

「はっ。お求めに近いところを見つけましてございまする」

聡四郎は五條天神社のことを語った。

「ちょうどよいの」

竹姫が喜んだ。

「水城、そこへ参りたい」

「ご自身でお参りをなさりたいと」

聡四郎は確認した。

「そうじゃ。上様のお大事な嫡男さまのご平癒を、妾《わらわ》から直接神仏へ頼み申したい」

「ですが……」

「わかっておる。危ないと申すのであろう」

反対しかけた聡四郎に竹姫が被《かぶ》せた。

「のう、水城。神仏は代参でも望みを聞いてくれるのであろうか」

竹姫が尋ねた。

「それはわかりませぬ」

聡四郎に答えられる質問ではなかった。

「代参ですませて願いを聞いてもらえなんだらと思うと、妾は耐えられぬのだ」

小さく竹姫が身もだえをした。

「結果、上様に哀しい想いをさせては申しわけないであろう。妾はなにもできぬ。上様のお手伝いをしたくとも、政《まつりごと》のことなど何もわからぬ。ならば、せめて誠心誠意、上様のお心をお慰めするのが妾の務めだと思う」

竹姫が堂々と言った。

「…………」

聡四郎は感嘆していた。

「月のものを見ぬ妾はまだ女ではない。上様のご寵愛を賜れぬ。妾とて、夫婦がどのようなことをするかは知っておる。無念ながら妾は閨での御用をまだ承るわけには参らぬ。なれど、心は上様の室じゃ」

吉宗の妻であると竹姫が宣した。

「長福丸さまも、吾が子よ。吾が子の平癒を他人に任せる母がおるか。おるまい」

「畏れ入りましてございまする」

竹姫の想いに、聡四郎は深く平伏した。

「姫さまのお気持ちをとくと承りましてございまする」

「ならば……」

「ではございますが……」

喜びの表情を浮かべた竹姫を、聡四郎は遮った。

「上様のお許しをちょうだいせねばなりませぬ」

勝手に竹姫を大奥から出し、なにかあったら大事になる。聡四郎が腹を切ったていどでは収まらない。

息子と愛する女を襲われて、黙っているほど吉宗は大人しくはないのだ。それこそ、吉宗に敵対した天英院、館林松平家、京の近衛《このえ》家、伊賀の郷のすべてを滅ぼしかねなかった。

「上様に願ってくれやれ」

竹姫が強請《ねだ》った。

「ご無礼を」

一度竹姫に頭を下げてから、聡四郎は袖を見た。

「お護りできるか」

「女の想いを無粋な男どもに邪魔させはいたさぬ」

袖が胸を張った。

「想いだけで勝てる相手ではないぞ」

暗に伊賀の郷忍を敵にするぞと聡四郎は言った。

「吾が命に代えても」

「それでは、ならぬ」

厳しく聡四郎は紬を断じた。

「子を産む女は、次代を担う。任のために死ねる男と違うのだ。生きてかならず戻るという決意がなければ、認めるわけにはいかぬ」

紬と大宮玄馬の間にある交情を聡四郎は無にしたくなかった。

「……しかし、その覚悟なくば、姫さまを」

気弱になりながらも紬が言い返した。

「待ちや、水城」

そこへ竹姫が割りこんだ。

「そなたこそ、まちがえておるぞ」

竹姫が聡四郎を叱った。

「女一人で子ができるか。男と女があって、初めて子はなる。水城、紅どのの腹にいる子は、勝手に宿ったのか」

険しい口調で竹姫が詰問した。

「違うであろう。そなたと紅どのが睦《むつ》みおうてできたはずじゃ。なにが女は次代を担うぞ。子ができてしまえば手伝わぬつもりか」

「そのようなことは……」

鋭《いと》い指摘に、聡四郎はおたついた。

「愛しい男を失って、女が生きていられると思うのか。身体は生きていよう。だが、心は死ぬ。どうしてこう、男はすぐに命を投げ出そうとするのじゃ」

竹姫が泣き声になった。

「思いいたりませんでした」

聡四郎は手をついて詫びた。

「紬、生きねばならぬな」

「はい」

聡四郎に言われた紬も泣きそうな顔で同意した。

「水城、頼む。妾を母にしてたもれ」

「承りましてございまする」

竹姫の決意に、聡四郎は負けを認めた。

四

大奥からふたたび御休息の間へ足を急がせながら、聡四郎は竹姫の警固をどうするかを思案していた。

一度竹姫は、吉宗の武運長久を祈るために深川《ふかがわ》八幡宮まで参詣に出かけたところを天英院の依頼を受けた山城帯刀の手の者から襲撃を受けた。

聡四郎と大宮玄馬の活躍でことなきを得たが、一つまちがえばたいへんなことになっていた。

「無事ではすむまいな」

なにごともなく、五條天神社へ行って帰ってこられると考えるのは余りに甘い考えであった。

「警固は増やせる」

聡四郎が強硬に竹姫の願いを拒まなかったのは、かつてに比べて戦力が大幅に増えたからである。

「お師さまも今度は使える」

前は剣道場の主でしかなかった入江無手斎を、お役目にかかわらせるわけにはいかなかったが、今は聡四郎の家人《けにん》である。入江無手斎を警固の一員として加えられる。

「あと御広敷伊賀者も出せる」

非公式ながら、聡四郎は吉宗から御広敷伊賀者を預けられている。

「十分な態勢を取れるが……」

入江無手斎、大宮玄馬、己の三人で、町の無頼《ぶらい》や浪人者十人くらいならば、容易《たやす》く蹴散らせる。そこに御広敷伊賀者が加われば、三十人でも怖くはない。

「問題は藤川がどのような手を取ってくるか……」

聡四郎は難しい顔をした。

人外化生《じんがいけしょう》といわれる体術を持つ忍のすさまじさを聡四郎は身に染みて知っている。

「飛び道具を持ち出すのに遠慮はない」

聡四郎は、忍の恐ろしさを体術ではなく、勝つためにはなんでも利用することだと思っている。

「鉄炮《てっぽう》を持ち出されれば……」

江戸城下で鉄炮を使うことは厳禁であった。二代将軍の三男忠長《ただなが》でさえ、鉄炮で白鳥を撃ち落としたことを父秀忠から厳しく咎められている。どれほど相手を殺したいと考えていても、武士ならば鉄炮を用意することはまず考えない。

なによりも目で見ることさえかなわない鉄炮の弾は防げないのだ。聡四郎は藤川義右衛門の遠慮なさを怖れた。

「弓矢だとまだよいが」

矢も速いが、まだ見ることができる。また、駕籠のなかの竹姫を遠くから射貫《いぬ》くのは難しい。

「駕籠から降りて参詣するときは、周囲を竹姫より背の高い女中で取り囲んでしまえば、狙撃は防げる」

聡四郎は思案を重ねた。

「問題は……、忍は化ける」

隠密を任とする忍は、他人に化けるのを得意としている。さすがに背丈を縮めるわけにはいかないので、子供になりすますことはできないが、熟達の技を持つ忍だと、老人でも女でも自在である。

「神官に化けられるのはまずい」

参詣する先の神社の神主以下全員が、いつのまにか伊賀者になりかわっているという事態もありえる。

それを防ぐには、顔を知っている者以外、竹姫へ近づけないようにするしかなかった。

「上様のお許しが出たら、山崎伊織を連れて神官たちの顔を確認しておかねばなるまい」

思案しているうちに、聡四郎は御休息の間近くへ着いていた。怪訝な顔で加納近江守が、聡四郎を見ていた。

「どうした、水城」

「竹姫さまよりのお願いを、上様へお伝えいたすべく参上つかまつりましてございまする」

勝手に目通りをしてよいという許しをもらってはいるが、老中でさえ遠慮する御側御用取次を無視して通るのはまずい。聡四郎が事情を話した。

「竹姫さまの……それは急ぎじゃな」

加納近江守が少しだけ眉を下げた。

「どなたか、お目通りの最中でございまするか」

「帯刀さまがな」

聡四郎の問いに加納近江守が応じた。

「帯刀さま……紀州家附家老《つけがろう》の安藤《あんどう》帯刀さまでございまするか」

「うむ。今朝方、お目通りを願うとの報せが参り、上様がお許しになられた」

加納近江守が事情を語った。

附家老は嫡男ではなく、分家を認められた将軍の息子たちの補佐役のことだ。譜代大名、あるいは旗本から選ばれ、分家の家老として藩政を担う。

尾張徳川《おわりとくがわ》家の成瀬《なるせ》、竹腰《たけのこし》、紀州徳川家の安藤、水野《みずの》、水戸《みと》徳川家の中山《なかやま》らが知られている。他にも三代将軍家光の息子、綱吉、孫の綱豊《つなとよ》にも付けられていたが、どちらも将軍家へ血を戻したときに藩が消滅、附家老も直臣に戻っている。附家老と呼ばれるのは将軍の子供だけに与えられるもので、六代将軍家宣の弟である松平右近将監の家老たちは、附家老とは呼ばれなかった。

「水城の声がするの。近江ともども参れ」

御休息の間手前の廊下で話していたのが聞こえたのか、吉宗の声がした。

「……お呼びだ」

「よろしいのでございましょうか」

二人はおずおずと御休息の間下段へと入った。

「上様。お他人払いをお願いいたしたはずでございますが」

下段の間中央より少し下座にいた安藤帯刀が不服そうな顔をした。

「こやつらは、他人ではないからの」

ぬけぬけと吉宗が返した。

「……そのような」

「ついでに教えておくが、成瀬の馬鹿をたしなめたのは、そちらの若いほうだ。水城、名乗ってやれ」

まだ苦情を重ねようとした安藤帯刀を吉宗が抑えた。

「御広敷用人水城聡四郎でございまする」

「水城……勘定吟味役であった者か」

安藤帯刀が気づいた。

「よく覚えていたの。そうじゃ、躬が紀州家におったころから目を付けていた者よ」

吉宗が感心した。

「上様……」

加納近江守が、いい加減状況を教えてくれと吉宗を見上げた。

「名古屋《なごや》の成瀬がことは、そなたも知っておろう」

「はい。水城がご報告を申しあげているおり、同席させていただいておりました」

確認した吉宗に、加納近江守がうなずいた。

成瀬は、尾張家の附家老である。竹腰が尾張徳川家初代義直《よしなお》の生母の異父兄を祖としているのと違い、名門譜代大名から附家老になった家柄であった。

ことの始まりは尾張徳川家で続いた藩主公の変死に吉宗が疑問をいだいたことによる。

竹姫輿《こし》入れの下準備として京へ出向いていた聡四郎たちに、名古屋を見てくるよう吉宗が指示。将軍腹心の名古屋入りを危惧した成瀬が暴走、聡四郎たちを襲うという愚挙に出てしまい、結果、附家老たちの本質をさらけ出してしまった。

附家老は御三家が将軍家にとって代わろうと考えたときの備えとして家康《いえやす》が設けた。そう、附家老は一門の謀叛の芽を摘むためにあった。

すべての責を負わされていながら、主家《しゅか》が簒奪《さんだつ》を考えたときには藩主を殺してでも止めねばならず、そのうえ、附家老は主家が滅ぶとき、ともに潰される運命を押しつけられる。附家老が不満を持つのも当然であった。

なにせ附家老が救われるのは将軍に世継ぎなく、主家が選ばれたときだけなのだ。事実、綱吉の館林藩、家宣の甲府藩は、主君が将軍となったために解体、附家老たちは譜代大名として復帰した。

その望みに冷水を掛けたのが吉宗であった。吉宗は紀州徳川家をそのまま直臣に取りこまず、側近だけを連れて江戸へ移った。

吉宗は将軍を出しても御三家はそのままとの前例を作った。これも成瀬を、附家老たちを追い詰めた。

「加納ごときに……」

知っていると応じた加納近江守へ、安藤帯刀が苦い顔をした。

「隠しても無駄だろう」

そんな安藤帯刀へ、吉宗が笑った。

「さて、同席させたのは、こやつらもかかわりがあるからである」

「…………」

安藤帯刀が黙った。

「上様、安藤はなにを」

御休息の間では、臣下に敬称を付けない。

それにかつては紀州家附家老の安藤帯刀は吉宗付きの側役でしかなかった加納近江守より格上であったが、今はその地位が逆転している。

吉宗の抜擢で旗本へと出世した加納近江守のほうが、譜代格の附家老よりも上になった。

「成瀬に泣きつかれて、言いわけをしに来たのよ。附家老は神君家康公のお定めになったもので、決してなくしてはならぬものだとな」

吉宗が安藤帯刀を見た。

「我らは家康さまの命で、譜代から附家老になりましてございまする。そのとき、家康さまは末代まで疎《おろそ》かに扱わぬとお約束くださいました」

安藤帯刀が述べた。

「ようは、成瀬のやったことを忘れてくれと言いに来たのよ、こやつはな。馴染みのない成瀬が目通りを願ったところで、許しはせんゆえ、まあ、妥当といえば妥当なのだがな」

冷たい顔で吉宗が告げた。

「自ら言いわけにも出てこられぬ者、頼まれたからとやって来て、神君家康公のお名を振りかざすだけの者。まこと附家老は不要じゃの」

「上様……」

言われた安藤帯刀が顔色を変えた。

「安心いたせ。家康公のお定めになった附家老はなくさぬ」

「それは……」

安藤帯刀が安堵の表情を浮かべた。

「ただ、入れ替えくらいはよかろう」

「入れ替えでございますと」

吉宗の言葉に、安藤帯刀が目を剝いた。

「役に立たぬ附家老など無駄じゃ。能力のない者に附家老は厳しい。その任を解き、ただの御三家家臣としてやるが優しさというものだ」

「我らを陪臣に落とすと」

安藤帯刀が絶句した。

附家老なればこそ、直臣格でいられる。附家老でなくなれば、加賀《かが》百万石における本多《ほんだ》家のように大名並みの石高を持つ家臣になってしまう。

「なにもせぬくせに、譜代大名並みの扱いをせよとは厚かましいわ」

吉宗が叱りつけた。

「家康公が附家老を作った意味、もう一度考え直して参れ。下がれ、帯刀」

手を振って吉宗が安藤帯刀に退出を命じた。

「ご無礼を仕りました」

これ以上の抗弁は、それこそ一身が危なくなる。安藤帯刀がおとなしく下がった。

「……よろしかったのでございまするか」

加納近江守が吉宗の顔色を窺《うかが》った。

「ふん。附家老がどれほどのものだと申すか」

吉宗が吐き捨てた。

「…………」

機嫌の悪い吉宗に、加納近江守がうつむいた。

「そなたも覚えておろうが、躬が藩主になるまでのあやつらを」

「……はい」

加納近江守が居心地悪そうに身を揺すった。

「困っておるな」

事情がわからず、控えているしかない聡四郎の困惑した顔に吉宗が気づいた。

「先代の帯刀のことだ。湯殿女の腹から生まれた卑しい者とさんざん嘲笑してくれたのよ。綱吉公から越前《えちぜん》に領土を賜っても、その侮《あなど》りを変えなかったのは見事であったがな」

吉宗が口の端《は》を吊り上げた。

「たとえ、母がどのような身分であろうとも、躬は紀州家二代光貞《みつさだ》の血筋であることには変わりがない。それを認めず、家康公に選ばれた家柄だから、大切に扱えと言う。血と家柄、同じものだということに気づかぬのかとあきれただけだ」

「…………」

なんと答えていいかわからず、聡四郎は黙って頭を下げるしかなかった。

「まあ、二度と躬にかかわることはない者どもじゃ。もうよかろう」

明言しなかったが、吉宗は加納近江守に今後附家老の目通りを許さぬと告げた。

「心得ましてございまする」

長年の寵臣に詳細は不要であった。加納近江守がうなずいた。

「水城」

「はっ」

促された聡四郎が、竹姫の願いを伝えた。

「……母になってくれると申したか」

聞き終わった吉宗の眉間から険が消えた。

「参った。躬は初めて女に落とされた」

「上様……」

目を閉じて言った吉宗に、聡四郎は無礼を省みず、声をかけていた。

「今すぐにでも大奥へ参り、竹の口を吸い、その身体に触れたいわ」

「上様」

今度は加納近江守が驚きのあまり、吉宗を呼んでしまった。

「水城、そなたはずるいの」

目を開けた吉宗が聡四郎を軽く睨んだ。

「……わたくしが、ずるいと仰せでございまするか」

聡四郎は首をかしげた。

「そなたは紅と恋をして一緒になれたのであろう」

「…………」

言われて聡四郎は戸惑った。

「躬はもちろん、近江も妻は家柄で娶《めと》った。婚姻の夜まで顔も見ておらぬ」

紀州藩主ともなると婚姻は幕府が定め、本人の介在する余地はない。

「側室どもも、押しつけられたようなものだ」

藩主の仕事は跡継ぎを作ることが第一とされている。これは御三家といえども例外ではなかった。

世継ぎなしは改易。幕府の決めた法である。四代将軍家綱の大政参与保科肥後守《ほしなひごのかみ》正之《まさゆき》によって末期《まつご》養子の禁が大幅に緩《ゆる》められ、かつてのように有無を言わさずということはなくなったが、それでもこの法はなくなってはいない。

徳川家康の四男で二代将軍秀忠の同母弟だった松平忠吉《まつだいらただよし》でさえ、継嗣なきで断絶させられている。

御三家は大丈夫だとの保証などはない。藩が潰れれば、家臣たちは禄を失い路頭に迷う羽目になる。藩さえ続けば、末代まで喰いっぱぐれはないのが武士なのだ。藩主に跡継ぎができるかどうかは、家臣にとって一大事であった。

「どの女も愛おしいがの、すべて閨で身体を重ねてから想いを育《はぐく》んだ者ばかりじゃ。まず心を通わせてという経緯を踏んだことがない」

「はあ」

聡四郎は肯定も否定もできず、あいまいな返答をした。

「そなたと紅は、想いから入ったのだろう」

「……はい」

「そして身分の壁をこえた」

御家人ならともかく、旗本が町人の娘を正室にするのは難しい。まず親戚中から義絶を言い渡される。さらに下手をすると役目を解かれるときもあった。

「上様のお力添えをいただいたからでございまする」

「なくとも嫁にしただろうが」

「……そのつもりではおりました」

一緒に死線をこえたときもある。聡四郎は勘定吟味役という役目を捨ててでも紅を娶る覚悟でいた。

「愚か者だと思っておった。たかが女のために旗本としての出世を捨てるなどと肚のなかであきれていた」

初めて当時の思いを吉宗が口にした。

「そなたは勘定吟味役だったのだぞ。勤めあげれば勘定奉行まで届く。悪くとも遠《おん》国《ごく》奉行まではいける」

勘定奉行は三千石、遠国奉行は多少の上下はあるがおおむね一千五百石の役高になる。五百五十石の水城家としては望外の出世であった。そして、旗本は最後に務めた役目の役高に禄を直される慣習がある。

「今、やっとそなたの気持ちがわかった。躬は、竹に恋をした」

「……今でございまするか」

竹姫に一目惚れしたのではないかと聡四郎は首をかしげた。

「先ほどまでは竹が欲しいだけであった。だが、今は竹に躬を欲してほしい」

吉宗が言った。

「ああ……」

聡四郎は数年前の己を吉宗に重ねた。

「わかったようじゃな」

吉宗が聡四郎を見てうなずいた。

「水城」

「はっ」

声を厳しいものに変えた吉宗に、聡四郎は平伏した。

「竹の願いを叶えよ。そして、護れ。竹に毛ほどの傷も負わすことは許さぬ」

吉宗が厳命した。

第三章　攻めと守り

一

藤川義右衛門は伊賀の郷から刺客となることを了承した郷忍を連れて、江戸へ戻った。

「頭領のもとへ行くのではないのか」

目に付いた旅籠《はたご》に草鞋《わらじ》を脱いだ藤川義右衛門へ郷忍の一人が問うた。

「…………」

藤川義右衛門が冷たい目で郷忍を見た。

「なんだ」

郷忍がその目つきに反発した。

「郷に籠《こ》もっていると、こうも温くなるものか。世間知らずにもほどがある」

大きく藤川義右衛門がため息を吐いた。

「どういうことだ」

笑われた郷忍が、藤川義右衛門に迫った。

「郷頭が伊賀を出て、どのくらいになる」

「……四月に近い」

問われた郷忍が指を折った。

「男子三日会わざれば刮目《かつもく》して見よというであろうが」

「頭領が代わっていると」

藤川義右衛門の言いたいことを郷忍が悟った。

「良いようにか、悪いようにかは知らぬ。そなたたちが思っている藤林と吾の知っている藤林が同じとは限らぬでな。外の者である吾には見せていない本性を郷の者は知っているということはある」

「伊賀の郷の頭ぞ。たとえ何年経とうとも、国の外に出た伊賀者は手を組むべしとの掟《おきて》を破るはずなどない」

郷忍が首を横に振った。

「掟が金科玉条《きんかぎょくじょう》だと……笑わせてくれるな」

嘲笑を藤川義右衛門が浮かべた。

「きさま、江戸の出とはいえ、伊賀者であろう。伊賀の掟は絶対だと知っているはずだ」

「この世に絶対などというものはない」

嚙みついた郷忍に、藤川義右衛門が断言した。

「人は生まれる。人は育つ。そして人は死ぬ。こうやって代を重ねてきた。伊賀者は聖徳太子《しょうとくたいし》のころからこの世の裏を知ってきた」

「そうじゃ。伊賀者は千年以上、掟を守ることで続いてきた」

述べた藤川義右衛門に、郷忍が勝ち誇るように応じた。

「千年の歴史など、徳川が先祖だという源氏《げんじ》よりも長い。我らをこえるのは、天皇家と出雲の神官くらいだ」

郷忍が胸を張った。

「明日の米も喰いかねているのに、家柄自慢とは畏《おそ》れいる」

「……………」

鼻先であしらわれた郷忍が黙った。

「死の床につくか、敵地へ忍ぶか。そうでなければ白米など口にできぬ。女は裁縫ではなく、まず客を取ることを覚えさせられる。子供が四人以上できれば、間引く。仕事に出て死んでも報せさえ届かず、墓も作れぬ。そんな水飲み百姓にも劣る暮らしが、誇りか」

「うっ……」

藤川義右衛門に指摘された郷忍が詰まった。

「妻に子供に、人並みの暮らしをさせてやりたいと思うからこそ、吾の誘いに乗ったのであろうが」

「それはそうだが……」

郷忍が認めた。

「ならば、今までの生活とともにかび臭い掟も捨ててしまえ」

「掟は伊賀の血だ」

「血であろうが地であろうが、そんなもので腹は膨れぬ。生まれた子供の顔に濡れ紙を押しつけるのは嫌だろう。まず、心のなかにある伊賀を捨てろ」

「……っ」

「なっ」

藤川義右衛門の言葉は、会話に加わっていなかった郷忍にも衝撃を与えた。

「猫の額のほうが広いような田畑を耕し、藤堂家《とうどう》に年貢を奪われる日々に、未来《さき》はあるか。子供は毎日白米を喰えるようになるのか。なるまいが。ならば、妻や子を江戸へ呼び寄せ、白米を腹一杯喰わせてやるほうがいいだろう」

「しかし、伊賀は我らの先祖が営々と築きあげてきた……」

「飢えながらな」

反論を藤川義右衛門が一言で潰した。

「江戸で庶民一家が生活するには、月に一両あれば足りる。年に十二両。少し贅沢をしたところで十五両もあればいい。十五両なんぞ、刺客として三度も仕事をすればもらえる金だ。四カ月に一度、働くだけだ。季節ごとに請け負えば、余裕もできる。十年でちょっとした商いを興すくらいの金は貯まる。さすれば、子供を忍などにせずともすむぞ」

「子供を忍にしなくていい……」

「あの苦行を強いずとも生きていける……」

郷忍たちが啞然となった。

「吾に子はまだおらぬ。いずれは作るつもりだ。だが、その子を忍にはしたくない。

十年をこえる修行、それも死んだほうがましだと思うほどの刻苦を重ねて、常人には届かぬ域に至ったところで、忍は武士にはなれぬ」

「御広敷伊賀者は幕臣であろうが」

身分を郷忍の一人が言った。

「ふん。形だけの身分になんの意味がある。忍の技を化生の仕業と恐れ、嫌われて、宴席でも同席を許してもらえぬ。庶民たちは伊賀者の貧しさを知っているゆえ、上辺だけ敬っている振りをしながら、粥腹と陰で笑っている。そんなものが武士か」

「…………」

反論はなかった。

「ゆえに吾は金に頼る。金さえあれば、どうでもなるのがこの江戸だ。千両の金を積めば、目見え以上の旗本の家系が買える。伊賀者がお歴々になれるのだ。いや、なにも旗本にならずとも、町人として生きていけばいい。町人には年貢がない。稼いだら稼いだだけ、吾が懐に入る。働けば、家族を養うだけでなく、妾《めかけ》を囲うこともできる。吉原《よしわら》で天下の美姫《びき》を吾が手にすることもな」

もう一段、藤川義右衛門が押した。

「…………」

郷忍たちが顔を見合わせた。

「我らはなにをすればいい」

「まずは江戸の地理を覚えよ。地の利を持たぬようでは、忍の力は半減する」

問うた郷忍に藤川義右衛門が指示した。

「もし、頭領と出会ったときはどうする」

江戸は広いが、それでも不意な出会いというのはある。

「吾に雇われて江戸に出てきたと言え。雇われている間は、頭領といえども干渉できぬが決まりであろう」

「たしかに」

郷忍たちが納得した。

「その間、藤川どのはいかがなさる」

誰が雇い主か理解したのだろう。郷忍の口調が変わった。

「金主の一人に顔を見せてくる」

藤川義右衛門が立ちあがった。


長福丸の意識はまだ戻らなかった。

「解毒薬を考えられる限り使いましてございまする。お世継ぎさまの危急は脱したかと思われまする」

奥医師一同が吉宗に、長福丸の命は助かったと告げた。

「あとは……」

気まずそうに奥医師たちが言葉を濁した。

「どこまで回復するかだな」

「…………」

吉宗の確認に、奥医師たちが無言でうなずいた。

「ご苦労であった。このあとも頼むぞ」

「はっ」

奥医師たちが下がった。

「残るは神仏頼みとなるな」

吉宗は奥医師たちが言えなかったことをしっかりと読み取っていた。

「上様……」

加納近江守が気遣いの声を出した。

「大丈夫じゃ。長福丸は助かったのだ」

吉宗が首を左右に振った。

「……ただ、無念は天英院に迫れなかったことだ」

菖蒲を殺しに来た忍は待ち構えていた山崎伊織によって倒されたが、その争いの隙を突かれた。

いつの間にか、手紙が届けられ、それを読んだ菖蒲が舌を噛んだ。

「申しわけもございませぬ」

将軍に失敗はない。すべては家臣の責任である。加納近江守が詫びた。

「そなたのせいではない。もちろん、水城でも、御広敷伊賀者の責でもない。それだけ天英院の手が大奥に深く浸透していたのだ。それに気づかなかった躬が油断であった」

吉宗が慰めた。

「だが、次はさせぬ」

強く吉宗が宣した。

「で……」

吉宗が気分を変えるために大きく息を吸った。

「竹の参拝じゃが」

「天英院さまがなにをなさるかわかりませぬ。このようなときに城からお出ましなさるのは、お控えいただくべきでございまする」

御広敷伊賀者の警固を受けていた菖蒲が死んだ。竹姫も防ぎきれるとはいえないので、止めるべきだと加納近江守が進言した。

「躬は竹の思うままにさせてやりたい」

「上様」

「わかっている。そなたが衷心《ちゆうしん》より竹の身を案じてくれていることは疑っておらぬ。ただ、躬はうれしいのよ。竹が長福丸の母になってくれると言ってくれたのがな」

もう一度吉宗が喜色を浮かべた。

「……それよりも、竹に外を見せてやりたい。竹は三歳で京から大奥へ送りこまれ、ずっと閉じこめられてきた。調べさせたが、前回の深川八幡宮代参以外で大奥から出ておらぬ」

「それは……」

聞かされた加納近江守も驚いた。

「哀れであろう。大奥のなかしか知らぬ。天下がどこまで広いかもわかっておらぬ。

区切られた空を見続けるしかないなど人として不幸でしかなかろう」

生母の身分が低かったことで紀州徳川家の公子と認められず、城下で育てられた吉宗は、気儘《きまま》な子供時代を送っている。山に登った。川で泳いだ。海で魚を釣ったこともある。空がどこまでも繋がっていると体感している。

「そして、竹に余裕はない」

「余裕がないと仰せられますのは……」

吉宗の断言に加納近江守が首をかしげた。

「近いうちに躬は竹を御台所として迎える」

「はい」

すでに周知に近い。加納近江守もうなずいた。

「御台所は大奥から出られぬ。出るのは死したときのみ」

吉宗が告げた。

「……………」

加納近江守が黙った。

御台所は大奥の主である。将軍の血筋を護るのが大奥の役目、その主が留守にするわけにはいかなかった。代参は主は外に出ないという慣習のために生まれた制度であった。

「躬が死んでも、竹は大奥から出られぬ。御台所とはいえ、将軍の葬儀に参列はできない」

これも決まりであった。

歴代の将軍のうち、初代家康、二代秀忠、四代家綱は御台所に先立たれている。三代家光は正室鷹司孝子《たかつかさたかこ》よりも先に死んだが、仲は悪く終生別居していたため、葬儀を報されてさえいない。

将軍が先立ったといっていいのは、五代将軍綱吉が最初であった。その綱吉は病から本復したとの祝いをした翌朝に中奥の御休息の間で急死したため、御台所鷹司信子《のぶこ》は遺体との対面がかなわなかった。さらに死は穢《けが》れであるとして、将軍家に連なる者は葬儀へ参列ができなかった。

このことが前例になり、御台所は将軍の死に伴う儀式に参加しないという慣習ができた。

「躬と竹では、躬が先に死ぬ」

「上様」

縁起でもないことを口にしてはならないと加納近江守が吉宗を咎めた。

「ふん。人はかならず死ぬのだ。死を忌むなど愚かなことだ。なにより年齢を考えろ。躬は竹の倍から生きているのだぞ」

吉宗が気にしてどうなるものでもないと、加納近江守の懸念をあしらった。

「まあ、躬が死んでからどこぞの尼寺にでも入れば大奥は出られるだろう。しかし、それは籠《かご》が大奥から尼寺に代わるだけで、空は区切られたままじゃ」

天英院を見ればわかるように、御台所は将軍の死後も大奥に居続けられる。ただ、望めば夫の菩提を弔うとして、大奥を出て尼寺に入ることはできた。

「躬のわがままなのだ。竹に世間を見せてやりたい。世間の広さを教えてやりたい。大奥の外にはどのようなものがあり、人がいるかを知って欲しい。いや……」

そこまで言った吉宗が、息を吸いなおした。

「躬の天下を見せてやりたい。いや、単に躬が竹の惚れた男は、天下人《てんかびと》だと自慢したいだけなのかも知れぬ」

吉宗が照れた。

「……しばし、お待ちをくださいませ」

一礼して加納近江守が御休息の間を出ていった。

「待っておる者を通せ」

将軍は多忙である。寵臣が帰ってくるまで遊んでいるわけにもいかない。

「上様、この案件につきましてご承認を願いたく」

御休息の間下段外、入《い》り側《かわ》という畳廊下で控えていた老中が入って来るなり、用件を述べた。

「うむ。よろしかろう。置いていけ。後ほど花押《かおう》を入れて戻す」

吉宗が認可した。

「続きまして、あらたな勘定奉行といたしまして……」

「……遠国奉行から勘定奉行か。それはなるまい。江戸を離れて長い者に天下の金の動きはわかっておらぬ。半年でいい。江戸へ帰し、現状を学ばせよ。幕府の財政逼迫《ひっぱく》のおり、勘定は待ったなしである。奉行はすぐに指示が出せる者でなければならぬ」

次の案件を吉宗は否定した。

「……以上でございまする」

老中が頭を下げて出ていった。

「上様、水城にお目通りをお許しくださいませ」

入れ替わるようにして、加納近江守と聡四郎が入ってきた。

「前も申したはずじゃ。娘婿だぞ。一々、躬の許しなど要らぬわ」

吉宗が笑った。

「ああ、菖蒲のことで詫びるなよ。そなたに詫びられては、西の丸差配を命じた躬が辛い」

「……お気遣いかたじけのうございまする」

謝る機先を制されて、聡四郎は礼を言うしかなかった。

「近江」

聡四郎を同席させた理由を言えと吉宗が顎で示した。

「竹姫さまのご参詣に際し、その警固を説明させまする。水城」

加納近江守が聡四郎を促した。

「行列の規模は、御台所に準ずるものといたしまする」

「大仰《おおぎょう》にするな。躬は大奥に倹約を命じておるのだぞ」

好きな女のためならば、金を惜しまないくせに、他のところへは倹約を押しつけるとの批判を受けるのはまずい。吉宗が聡四郎を叱った。

「これには二つの意味がございまする」

「わかっておるわ。一つは警固の人数を増やせる。もう一つは、対外にも竹が次の御台所だと示せると申すのであろう」

説明しようとした聡四郎を、吉宗が制した。

「だが、それはならぬ。躬の目指すは、金を遣わぬ幕府である。無駄遣いの最たる大奥を抑えるためにも……派手にした結果、竹が大奥で嫉妬されぬためにも、躬は行列については認めぬ」

吉宗が強硬に反対した。

「では、お城を出たところで合流させるのはよろしゅうございましょうか」

大奥の行列は御広敷御門内で組みあげられ、そのまま平川《ひらかわ》門を通って城下へ出ていくのが決まりである。それだけに御広敷にいる者には、その規模が一目瞭然になった。御広敷には身分軽き大奥女中たちの出入り口である七つ口がある。天英院の息がかかった者が、行列の規模を覗くくらいは容易であった。

「なるほどな。だが、そうなると御広敷番頭以下の番士は使えぬぞ」

大奥女中が代参などで外出するときの警固は、御広敷番頭が差配した。

「承知いたしております。御広敷番頭も……」

「天英院に飼われているかも知れぬな。西の丸大奥にも配下を入れていたほどの天英院じゃ。表と大奥の仲介役であった御広敷番頭を薬籠《やくろう》中のものにしていても不思議ではないの」

諾《だく》した聡四郎の続きを吉宗が述べた。

御広敷は、大奥と表の仲介役でもあった。表の意思を大奥へ伝え、大奥の願いを表に届ける。当然、大奥女中たちとの繋がりは太くなる。

「なかなかによくいたしてくれる」

御台所付きの上臈、中臈や、大奥全体を差配する年寄などの機嫌を取るのが仕事にどうしてもなる。

「あの御広敷番頭は、できる者でございまする」

将軍に大奥女中は直接話ができるのだ。大奥女中の一言で出世していった者は多い。

御広敷の役人が大奥に取りこまれていくのも無理はなかった。

「かといって、今から御広敷番頭を代えるわけにもいかぬ」

首にするのは将軍の一言ですむが、新任はそうはいかなかった。いかに吉宗でも旗本のすべてを把握しているわけではない。誰が御広敷番頭にふさわしいかなどわからないのだ。天英院や月光院など大奥の影響を受けていない人材を探すだけでも一カ月やそこらはかかる。

「やはり長く先代の御台所や将軍生母を大奥に残しておくのは、弊害じゃ。適当なところで、大奥から引き離すべきだ」

吉宗が苦い顔をした。

「誰を出すのだ。そなたの家士、大宮某だけでは辛いぞ」

「よくぞ覚えていてくださいました。畏れ多いことでございまする」

聡四郎は感激した。吉宗から見て大宮玄馬は陪臣でしかない。名前を覚える意味などない。

「紀州家の屋敷に預かっていたころの紅から散々聞かされたわ。水城を支える大事な家士だとな」

吉宗が苦笑した。

「それは申しわけございませぬ」

妻のしでかした無礼に、聡四郎は小さくなった。

「よい。形だけとはいえ、紅は吾が娘ぞ。咎めだてなどせんわ。もし、紅の言動を叱ってみよ。紅を慕っている竹に拗《す》ねられる」

吉宗が手を振った。

「畏れ入りまする」

紅に無礼御免が出た。聡四郎はほっと安堵した。

「吾が家士大宮玄馬と入江無手斎の二人、さらに」

「待て、入江無手斎だと」

続けようとした聡四郎を吉宗が止めた。

「あの入江無手斎だな」

「はい。吾が師一放流《いっぽうりゅう》の入江無手斎でございまする」

確認する吉宗に、聡四郎は首肯した。

「家士にしたのか。江戸最強の剣術遣いを」

吉宗が目を剝いた。

「はい。紅が手配を……」

経緯を聡四郎が語った。

「おまえに過ぎた嫁だ。まったく、離縁させて島津《しまづ》か伊達《だて》あたりの大名に押しつけられたら……そう睨むな。そんなことをしてみろ。躬はそなたと紅の両方を失うわ。たかが六十万石やそこらの大名と引き合いにはならん」

あわてて吉宗が否定した。

「入江無手斎が噂通りの遣い手ならば、十や二十の刺客は大宮玄馬と二人で防げよう」

大宮玄馬の剣を吉宗は紀州藩主だったときに見ている。

「他に御広敷伊賀者を一組」

「一組ということは、七名か」

すぐに吉宗が計算した。

「源左《げんざ》」

吉宗が天井を見あげた。

「はっ」

下段の間隅の天井板が一枚開き、御庭之者《おにわのもの》、村垣源左衛門《むらがきげんざえもん》が降りてきた。

「そなたなら、竹を襲えるか」

「道中では無理でございまする。鉄炮を使えばどうにかなりましょうが、確実とは言えませぬ」

問われた村垣源左衛門が首を左右に振った。

「道中と限定したな」

「畏れながら、社のなかまでは警固の者をお連れになるわけにはいきませぬ」

村垣源左衛門が、参詣中を襲うと述べた。

「水城」

「社のなかまで、わたくしが供をいたしまする。他に御広敷伊賀者で夜明け前より社周囲を警戒させまする」

対策はどうなっていると訊いた吉宗に聡四郎は答えた。

「それだけでは……」

「竹姫さまのお側に伊賀の郷の女忍を一人付けまする」

まだ不足だと言った村垣源左衛門を、聡四郎が遮った。

「袖とか申した女忍だな」

かつて竹姫を襲った袖を吉宗は忘れていなかった。

「はい。上様もご存じのように、竹姫さまのお側で警固を務めております る」

「五菜を防いだのは袖であったな」

吉宗がうなずいた。

「源左、御庭之者から一人出せ。女がよい。そのまま竹に付けて大奥へ入れたい」

「……わかりましてございまする。馬場《ばば》の妹が今年で十六歳になったはずでございまする」

少しだけ考えて、村垣源左衛門が吉宗の命に応じた。

「十分に手厚くせよ」

「はっ」

吉宗の念押しに聡四郎は手をついた。

二

大奥は外界から閉ざされている。数百の女たちが、ずっと大奥に籠もっているのだ。娯楽などそうそうあるはずもなく、皆、少しの噂にも飛びついて話題にしていた。

「竹姫さまが、長福丸さまのご病気平癒のご祈願に行かれるそうだ」

「長福丸さまにかかわってよいと上様のお許しが出た。これは竹姫さまをお身内と認められたということでございまするな」

「となれば、お輿入れも近い。これからは竹姫さまのご機嫌を取らねばならぬの」

竹姫の参詣が発表されると大奥はその噂で持ちきりになった。

「ええい、不愉快じゃ」

天英院が頬を大きくゆがめた。

「お方さま、お平らに」

「なぜ、こうやることすべてがうまくいかぬのだ」

宥《なだ》める姉小路に、天英院は不満を露《あら》わにした。

「長福丸は仕留め損ねる。竹の輿入れは防げぬ。かろうじて菖蒲を始末できたおかげで妾への波及は避けられたが、このままでは、いずれ妾《わらわ》は大奥を出されるぞ」

天英院が自らの身体を抱きしめて震えた。

御台所が大奥の主人とされている。

六代将軍の御台所だったという資格をもって天英院は長く大奥に君臨し続けてきた。それも竹姫が御台所になった瞬間、天英院は大奥の主人だと言い張れなくなる。どころか、竹姫に出て行けと言われれば、従わなければならない。

「竹を妾の部屋子にしておけばよかった」

部屋子は、いわば配下であり、仮初《かりそ》めの親子になる。御台所になっても、竹姫が部屋子であれば、天英院を親代わりとして敬わなければならない。まちがっても追い出すことなどできなかった。

「お方さま、将軍家のご養女さまを部屋子にはできませぬ」

姉小路が無理だと首を横に振った。

「竹をなんとかせよ」

「わかっておりまする。山城帯刀に命じてございますれば、ご安心を」

姉小路が、焦《あせ》る天英院に手配はできていると告げた。

「安心できるか。帯刀はなんども失敗しているのだぞ」

天英院が眉をひそめた。

「今度こそ、大丈夫でございまする。竹姫は大奥の外。外ならば、いくらでも人手を集められまする。それこそ、金さえ払えば百でも二百でも」

「二百人の刺客か……」

姉小路の話に、天英院が想像した。

「それはよいな。うむ」

天英院が落ち着いた。

「吉報を待っておると帯刀に伝えよ」

「はい。そこでお方さま、帯刀に褒美《ほうび》を約束してやりとうございまする」

機嫌がよくなったのを見計らって、姉小路が相談する振りで求めた。

「褒美か。やはり武士は下賤《げせん》の者よなあ。なにかなければまともに働かぬとは、情けない。よい。なにか考えてやれ。そなたに任せる」

嘆息した天英院が認めた。

「お広きお心に、この姉小路、感嘆いたしましてございまする。きっと帯刀もお方さまのご恩情に感激し、命をかけてことをなしましょう」

姉小路がおおげさに述べた。


いかに大奥の上臈といえども、気軽に外出はできなかった。いや、上臈なればこそ、外出には厳しい制限が掛けられていた。

先日、増上寺へ代参したばかりである。姉小路は山城帯刀宛に手紙を出した。

「ほう」

読みおえた山城帯刀が、手紙を藤川義右衛門に渡した。

「拝見しよう」

藤川義右衛門が見た。

「竹姫が大奥を出るか。ふむう。で、どうするのだ」

手配について藤川義右衛門が尋ねた。

「藤林耕斎にやれと命じるしかあるまい」

「どこかで襲わせるつもりか。吉宗も油断はするまい。あの用人が付いているのだ。

数名くらいでは話にならん」

　山城帯刀の言葉に藤川義右衛門が首を横に振った。

「無頼を使うくらいはするだろう」

「同じよ。無駄だ。無頼ごとき、役に立たぬ。命をかけてことに当たるわけでもなく、少しでも不利になれば、逃げ出すような輩《やから》」

　藤川義右衛門が吐き捨てた。

「ならば、おまえがどうにかしろ。伊達や酔狂で禄を出してはおらぬぞ」

　御広敷伊賀者頭どころか、幕臣の身分から追われた藤川義右衛門を拾ってくれたのは山城帯刀であった。

「……それだがの、禄は返上したい」

「なんだと」

　藤川義右衛門の発言を聞いた山城帯刀が絶句した。

「京でいろいろあっての。一人で生きていく算段がついた」

「勝手なことを言うな。伊賀組を放逐されて喰えぬと泣きついてきたのは、おまえぞ」

　山城帯刀が憤慨した。

「恩は感じている。ゆえに、竹姫の一件、吾が請け負う。それで縁切りとさせてくれ」

「…………」

申し出た藤川義右衛門を山城帯刀がうさんくさそうな顔で見た。

「信用しろ。手は抜かぬ。竹姫は討つ、用人ごとな」

はっきりと藤川義右衛門が宣言した。

「どうするのだ。そのような勝手を言う者に、当家は人を出さぬぞ。もちろん、金もだ」

山城帯刀がきっぱりと拒否した。

「詫びを兼ねている。すべての手配はこちらでやる。人も金も不要」

藤川義右衛門が告げた。

「どうするのだ」

「それは言わぬ。謀《はかりごと》は密をもってなすべしだ」

詳細を藤川義右衛門は説明しなかった。

「そんなわけのわからぬものを信じろと」

「おぬしに話せば、かならず藤林に伝わる。さすれば藤林が要らぬ手出しをしかねぬでな」

「要らぬ手出し……」

「手柄を横取りしようとする」

首をかしげた山城帯刀に藤川義右衛門が答えた。

「任せてもらおう。行列の出発は五日後だな。場所は上野の五條天神社」

手紙の内容をもう一度藤川義右衛門が確かめた。

「もう一つだ」

「竹姫だけでは不足か」

指を一本立てた山城帯刀に、藤川義右衛門が驚いた。

「それくらいの恩はあるだろう。何度も失敗しておるしな。そなたのおかげで天英院さまにいたく叱られもした」

「……仕方ない。で、なにをさせたい」

藤川義右衛門が折れた。

「長福丸さまを仕留めろ」

「まだ右近将監さまを九代将軍にすることをあきらめていないのか」

山城帯刀の命に、藤川義右衛門があきれた。

「将軍ではない。甲府藩を取り戻すためだ。天英院さまにお願いをし、姉小路さまにお認めはいただいておるが、竹姫だけではいささか心許《こころもと》ない。大奥に巣くう女どもは強欲じゃ。それこそ、上様を殺せばかなえてくれると言い出しかねぬ」

「ありえるな」

藤川義右衛門も認めた。

「それにやりかけたことはしろと釘を刺されてもおる。竹姫だけでいいような口ぶりであったが、それをなしたあとで……」

「同じことを求めるだろうな」

竹姫と長福丸を殺した後、吉宗をやれと言い出さないかと藤川義右衛門が山城帯刀を睨みつけた。

「武士の約束じゃ」

山城帯刀が脇差《わきざし》を少しだけ抜いて仕舞い、鍔音《つばおと》を響かせた。金打《きんちょう》は武士にとってもっとも重い儀式であった。

「いささか、持ち出しが過ぎるぞ」

藤川義右衛門が手を出した。

「吾は無償でよいが、配下には金を出さねばなるまい。竹姫のぶんは吾が持つ。長福丸の代金をもらおう。でなくば断る」

「……やむを得ぬ。これでよいな」

山城帯刀が懐から小判を十枚取り出した。

「用意していたなら、最初から出せ。うまくいけばただ働きをさせようなど、家老職のすることではないぞ」

受け取りながら藤川義右衛門が、山城帯刀の小ずるさを咎めた。

「天英院さまのせいで、金がないのだ」

山城帯刀が苦い顔をした。

「では、世話になった。もう、会うことはない」

藤川義右衛門が別れの挨拶をした。

「……聞いていたな」

藤川義右衛門が出ていったのを確認して、山城帯刀が呟くように言った。

「ああ」

いつの間にか、部屋のなかに藤林耕斎がいた。

「どうすると思う」

「わからぬ。一応、配下に後はつけさせている。宿がどこかわかれば、こちらも探りようはある」

郷忍を出したと藤林耕斎が告げた。

「大事ないか」

「江戸の伊賀などに、郷の忍が悟られるものか。山中で熊と出会っても、襲われることなくやり過ごせるのだぞ、我らは」

山城帯刀の懸念を藤林耕斎が否定した。

「熊と言われても、わからぬわ」

江戸詰めの家老に熊のことなどわかるはずもない。山城帯刀が藤林耕斎のたとえにあきれた。

「まあ、任せてくれ」

すっと藤林耕斎が消えた。

「……うすら寒い連中だ」

人としての気配さえない。伊賀者の薄さに山城帯刀が震えた。

「どちらが仕留めてくれてもいい。うまくいけば、甲府五十万石が手に入る。天英院さまとの縁が切れるだけでもよい」

山城帯刀がふたたび手紙を開いた。

「褒賞の約束を天英院さまが認めた……か。姉小路さまの書きものという証ももらえた。これで……」

小さく山城帯刀がため息を吐いた。

「殿を将軍にしたかったのだがなあ」

山城帯刀が目を閉じた。

館林藩上屋敷を出た藤川義右衛門は、すぐに尾行に気づいた。

「舐《な》めているのだろうな。江戸の伊賀者などたいしたことはないと」

藤川義右衛門が小さく笑った。

「やはり郷忍は使いものにならぬな」

気づいたからといって、歩調を変えるなどはしない。相手を油断させるのも策の一つであった。

「やはり武家は信用できぬ。忍を道具としか見ておらぬ。もっとも、そちらがそうくるならば、こちらもそれなりにしかせぬ。命懸けてまではせぬぞ。将軍世子の命が十両で買えると思うのは甘い。これからは獲物次第では断らねばな。刺客業も商売、人を使うのだ」

藤川義右衛門が懐の小判に触れた。

「さて、これはあいつらの腕と頭を見るいい機会だ」

藤川義右衛門は、わざと宿へと尾行を連れたまま戻った。

「……やるな」

小伝馬町《こてんまちょう》の旅籠には一人の郷忍もいなかった。どころか、荷物などもすべて消えていた。

「さて、一眠りするか」

座敷に転がった藤川義右衛門が目を閉じた。

「…………」

藤林耕斎配下の郷忍が、そんな藤川義右衛門を天井裏から見張り続けた。

「お客さま、お風呂どうされますか」

一刻（約二時間）ほどして、宿の番頭が声をかけた。

「夕餉前にすませていただいたほうが、混まずにすみますが……」

「もう、そんな刻限か」

藤川義右衛門が大きな伸びをして、起きあがった。

「もらおうかの」

部屋の窓枠に干してある手ぬぐいを持って、藤川義右衛門が風呂へ向かった。

「どうやらここが宿のようだ。荷ほどきもしてある。しかし、贅沢なまねをしているの。一人のくせに二の間付きとは」

やっかんだ郷忍が報告のために天井裏から去った。

「……いい風呂であった」

帰ってきた藤川義右衛門はすぐに気づいた。

「いなくなったな」

「うむ。藤川どのが風呂に行くなり、去ったわ」

二の間の襖が開いて、連れてきた三人の郷忍が顔を出した。

「どこにいた」

藤川義右衛門が問うた。

「隣の宿の屋根」

郷忍の一人が答えた。

「すぐに気づいたようだな」

「藤川どのの気配が尖《とが》っていた」

「けっこうだ」

いいできだと藤川義右衛門が褒めた。

「知っている者だったろう」

「頭領について江戸へ出た弥平次《やへいじ》だった」

問われた郷忍が答えた。

「腕は……聞くまでもなかったな」

尾行に気づかれていると知らないだけならばまだしも、己が見られていることに気づかないようでは忍として役立たずといえた。

「郷でも下から数えたほうが早い」

郷忍が鼻先で笑った。

「で、なぜつけられておられた」

同行している郷忍でもっとも歳嵩の男が問うた。

「じつは……」

藤川義右衛門が館林藩での出来事を語った。

「ううむう」

歳嵩の郷忍が腕組みをした。

「それに我らが加わるのは、まずいであろう。頭領に我らのことが知られてしまう」

潜んでいる意味がなくなると歳嵩の伊賀者が言った。

「大丈夫だ。そなたたちは藤林らと顔を合わさぬ」

「顔を合わさぬとはどういうことでござる」

若い郷忍が首をかしげた。

「あやつらの入りこめぬところで、竹姫を襲う」

藤川義右衛門が口の端を吊り上げた。

三

竹姫の参拝は、五條天神社が江戸城から近いということで、遅めの朝五つ半（午前九時ごろ）出立《しゆつたつ》となった。

「一同、寄れ」

御広敷番頭の指示で、七つ口近くに集まっていた出入り商人、五菜たちがあわてて端に寄った。

「御駕籠つけましょう」

供をする火の番の声で駕籠が大奥玄関につけられた。

竹姫が使う駕籠は、綱吉の養女となったときに与えられたものである。黒漆に緑の漆で竹の葉が描かれたもので、竹姫専用であった。専用だけに、代参として出るときには使えない。代参は、その人の代わりという立場のため、大奥に用意された共用駕籠を使うのが慣例である。したがって、この駕籠が使われるのは、初めてであった。

「竹姫さま、お出まし。一同控えよ」

先触れとして鈴音が玄関を出てきた。

「はっ」

聡四郎も玄関外で片膝をついた。御広敷番頭たちも従った。

「本日は苦労をかけます」

竹姫が出てきて、一同をねぎらった。

「畏れ多いお言葉」

最上席になる聡四郎が代表して受けた。

「…………」

その後は無言で竹姫が駕籠へ身を沈めた。

「お発《た》ちである。寄れい、寄れ」

御広敷番頭が平川門までの露払いをする。それに御広敷番二人、大奥火の番二人が続き、身のまわりの世話をする大奥女中が四人、お付きの中臈一人、駕籠の順になる。

聡四郎が駕籠のすぐ後ろ、最後尾は山崎伊織率いる御広敷伊賀者三人が務める。

「…………」

平伏する御用商人たち、片膝をつく旗本、御家人へ目を走らせ、聡四郎は警戒を続けた。

「では、ここで」

平川門の手前で御広敷番頭が足を止めた。

「ご苦労であった。一度止まれ」

聡四郎は御広敷番頭をねぎらったあと、行列を整列させた。

「…………」

辺りを見た聡四郎は、平川門を出たところに大宮玄馬と入江無手斎の姿を認めた。

二人は陰供につく。

「よろしゅうございましょうや」

聡四郎は駕籠へ声をかけた。

「苦しゅうない」

竹姫が出発を許可した。

「お発ちである」

駕籠を担ぐ女陸尺《ろくしやく》へ、聡四郎は出発を命じた。

「出てきたな」

藤林耕斎が呟いた。

大奥の出入りは平川門と決まっている。平川門を見張っていれば、竹姫の行列を見逃すことはなかった。

「江戸の伊賀者はどこだ」

藤林耕斎が首を左右に大きく動かして、大名行列を見物する勤番侍の振りをした。

江戸城の周りには江戸見物に来た旅人が多くいた。とくに参勤交代で江戸へ出てきた勤番侍は国に帰るまですることがない。かといって遊ぶだけの金もないので、ただでできる見物を毎日のようにした。江戸城付近でもっとも目立たないのが、勤番侍であった。

「見えぬな。まあ、それくらいはできよう。江戸伊賀でもな」

小さく嘲笑を浮かべながら、藤林耕斎が動き出した駕籠の後を、ゆっくりとつけた。

「お頭、二人、陰の警固らしき者が」

商人風の姿になった配下の郷忍が、藤林耕斎にささやいた。

「剣術遣いと若い侍であろう。共にかなりできるぞ。うかつに目を向けるな。気づかれる」

藤林耕斎が注意をした。

「あと行列のなかほど、四人の女中の右側後列におるのは袖でござる」

少しだけだったが、配下の郷忍の声に感情が入った。

「裏切り者の袖か。まあいい。今は放置しておけ。あれも道具として使えよう」

「承知」

小声でうなずいて配下の郷忍が、藤林耕斎を抜いていった。

「先回りするか。どうせ、藤川らの襲撃は神社に着いてからだろう」

道中で襲うのは難しい。警固があるだけではなく、他人目も濃い。混乱に乗ずるのは忍の得手とするところだが、それ以上に忍の仕事は目立ってはならない。

「わざとか。あの駕籠に合わせて歩いていては不自然だ」

駕籠に慣れていない竹姫を気遣った行列の歩みは遅い。

「目的の場所は知れている。先回りするにしかず」

藤林耕斎は、駕籠を大回りするようにして先に出た。

「ふん。まるわかりじゃ」

入江無手斎が鼻を鳴らした。

行列は五條天神社まで、一刻（約二時間）近くをかけた。

「ご到着である」

鳥居を潜《くぐ》った御広敷番が社に響く声をあげた。

「ははあ」

話はもう通っている。待っていた宮司以下、神官、巫女《みこ》が一斉に頭を垂れた。

「…………」

全員の顔を聡四郎は前もって見ている。

「御駕籠を止めよ」

知らない顔がないことを確認した聡四郎が、女陸尺たちに命じた。

「山崎」

「すでに」

御広敷伊賀者による陰供の展開を問うた聡四郎に、山崎伊織がうなずいた。

「よろしかろう」

「竹姫さま」

聡四郎の合図を受け、鈴音が駕籠の扉を開けて履きものを揃えた。

「大儀《たいぎ》」

満足そうにほほえんだ竹姫が駕籠から出た。

「…………」

すばやく袖たちが竹姫の側に寄り添い、矢などの飛び道具への盾になった。

「すまぬの」

己のわがままから危険にさらすとわかっている竹姫が詫びた。

「お早く、本殿へ」

袖が竹姫を急かした。

「そうであった」

竹姫がうなずいた。

まだ幼い竹姫である。女中に囲まれれば、外からその姿を見ることは難しい。

「これでは飛び道具は使えぬな」

かなり離れたところで見ていた藤林耕斎が感心した。

「あとは神前だろうが、迎えに出た神官たちの様子に不審はない。脅されたりしている感じも受けぬ。となると、本殿の屋根裏に忍びこんでいるか、床下か、あるいは片隅で息を殺しているか……」

「お頭」

「弥平次、どうだ」

すっと後ろに現れた弥平次へ藤林耕斎が問うた。

「旅籠に藤川義右衛門がおりました」

「なんだと……」

藤林耕斎が驚いた。

「まちがいないのか」

「確認いたしましてございまする。少なくともわたくしが旅籠を離れるまでは、部屋で端座しておりました」

確かめた藤林耕斎に、弥平次がうなずいた。

「どういうことだ。竹姫の襲撃を任せられるほどの腕利きを手に入れたというのか」

藤林耕斎が首をかしげた。

「いかがいたしましょう。我らで襲いまするか。我らが竹姫を始末すれば、江戸伊賀の無能さを大いに喧伝《けんでん》できましょう。さすれば、山城帯刀どのも我ら郷忍を見直しましょう」

弥平次《やへいじ》がこっちで仕留めようと提案した。

「止めておけ」

藤林耕斎が苦い顔で止めた。

「なぜでございまする。我らの力を見せつける好機」

「気がつかんのか」

喰ってかかりそうな弥平次に、藤林耕斎が嘆息した。

「なにに気づけと」

「その辻の向こうから、伊賀の結界が張られている」

怪訝な顔をした弥平次に、藤林耕斎が顎で示した。

「結界……」

「御広敷伊賀者であろうな。五條天神社を囲むように伊賀者が四人おる。結界に触れたとたん、二人から攻撃を受けるぞ」

「……ならば、誰か一人が結界の注意を引いている間に……」

「本殿の隣にある社務所の屋根をよく見ろ。二人控えておる。一人が結界の注意を引いて穴を開けたとたん、あの二人が補充に入る。それに御広敷伊賀者は七人で一組だと聞く。少なくとも一人は社のなかにいるはず。あの用人と家士、剣客に御広敷伊賀者を我らだけで相手できるか」

藤林耕斎が説明した。

「数で負けるというならば、そのへんの無頼を十人ほど雇って突っ込ませ、その間に……」

弥平次が別案を呈した。

「そんなもの、あそこにいる剣術遣い一人で片付けるわ」

「……それほどの」

言った藤林耕斎に弥平次が目を剝いた。

「我らだけでは、結界を破るのが精一杯。一人が竹姫のところまで届けばよいほうだろうな」

藤林耕斎が首を横に振った。

「それでは、なにもできませぬ。結果を出さねば……」

弥平次が焦った。

「大丈夫だ。我らは仕事を果たしておる。山城どのから言われた五菜の家族も始末したではないか。将軍に奪われてはまずいとな」

大奥へ五菜として送り込んだ藩士の家族を、後くされを嫌った山城帯刀の命で藤林耕斎たちは人知れず始末していた。

「たしかに」

弥平次が納得した。

「では、今回はなにも……」

「藤川次第よ。藤川が仕掛けたときの隙を狙えれば、手を出す。でなくば、今回は見送る。なあに、手立ては見つけた」

藤林耕斎が告げた。

「手立てでございまするか」

「うむ。竹姫の女中のなかに袖がいた。死んだと思っていたが、どうやら寝返っていたようだ。あやつを使う」

「袖が……」

弥平次が絶句した。

「出てきたぞ。参拝は終わったようだな」

藤林耕斎が目を本殿へと戻した。

「世話になった」

病気平癒の祈願をしてもらったことへ、竹姫が礼を言った。

「ようこそのお参りでございました。お心遣いに感謝いたしまする。今日より朝晩、二十一日の間、ご心願がかないますよう、祈禱をさせていただきまする」

見送りに出てきた宮司が深々と頭を下げた。

「頼みまする」

竹姫が宮司に応じた。

「姫さま」

外に顔を出しているのは危ないと鈴音が駕籠へ乗るよう促した。

「うむ」

素直に竹姫が従った。

「お発ち」

駕籠が動き出した。

「よい天気じゃの。たくさん人が出ておるが、祭りでもあるのかえ。あれはなにを商っておるのだ」

目的を終えた竹姫が御簾《みす》越しに外を見て、楽しんでいた。

「皆、生きている顔をしておるの。白粉《おしろい》で表情を隠している大奥の女たちとは大きな違いじゃ。水城」

「はっ」

呼ばれた聡四郎が駕籠脇についた。

「紅さまは、あまり化粧をせぬな」

竹姫が訊いた。

「出が町屋でございますし、なにより武家はあまり濃い化粧をいたしませぬ」

聡四郎が答えた。

「はて、大名の姫や奥方は皆、白塗りじゃぞ」

将軍家にかかわりのある名門大名の姫や正室が大奥に来ることはままあった。とくに五代将軍綱吉のときは紀州家に輿入れした鶴姫《つるひめ》の実家帰りや、大奥出身で柳沢美濃守吉保《やなぎさわみののかみよしやす》に下賜《かし》された正室が呼び出されるなどかなり多く、養女として竹姫もよくその対面の場に参加していた。

「庶民は白粉を塗るだけの費用も、手間をかける暇もございませぬ」

倹約を遂行しようとしている吉宗の御台所となる竹姫には、真実を知らせるべきだと聡四郎は思った。

「白粉とは高いものなのか」

続けて竹姫が問うてきた。

「わたくしではわかりかねまする。袖」

聡四郎は袖を呼んだ。

「……吾も化粧などせぬから、値段は知らぬ」

近づいた袖が不機嫌な顔をした。

「せぬのか、年頃であろうに」

「忍ぞ、吾は。匂いものを身につけては忍べまいが」

驚く聡四郎へ、袖があきれた。

「申しわけございませぬ」

金額がわからないと聡四郎は竹姫に詫びた。

「よい」

竹姫が駕籠のなかから許しを与えた。

「水城、願いがある」

「なんでございましょう」

聡四郎は声を聞きやすくするため、小腰を屈《かが》めた。

「店を見たい。しばし、歩いてよいか」

竹姫が駕籠から出て、世間を感じたいと言った。

「……なりまっ」

聞いた聡四郎は、否定の言葉を発しようとした口をかろうじて抑えた。

「しばし、お待ちを」

「うん」

猶予を求めた聡四郎に、竹姫がうなずいた。

「…………」

聡四郎は周囲を確認した。

行列は寛永寺門前町をはずれようとしていた。江戸で随一といえる名刹《めいさつ》の門前町は賑《にぎ》やかであるが、将軍家祈願寺という格式のおかげで整然としている。人は多いが、浅草《あさくさ》や深川のような賑わいとは一線を画していた。

「袖、どうだ」

聡四郎は短く尋ねた。

「付いてきている気配は三つ」

袖が小声で告げた。

「山崎」

聡四郎はもう一人の伊賀者を手招きした。

「聞こえていたか」

「はい」

さすがに伊賀者である。さほど大きな声でもなかった聡四郎と竹姫の会話を山崎伊織は把握していた。

「袖は三人だと言ったが、他に感じるものはないか」

聡四郎が確認した。

「ござらぬが……御用人さま、なにをお考えか」

その質問の意図に気づいた山崎伊織が顔色を変えた。

「少しの間だけになるが、竹姫さまにお拾いをしていただこうと思う」

お拾いとは高貴な身分の人を歩かせることを言う。

「無茶な……」

山崎伊織が正気かと口走った。

「…………」

対して、袖はなにも言わなかった。

「行列、足並みを落とせ」

もともと女駕籠は遅い。子供よりも歩みはゆっくりとしている。これは駕籠を担ぐのが非力な女だというのと、乗っている者を酔わさないよう揺らさずに進むとの配慮からであった。

それをさらに遅くさせたのだ。行列はまさに蝸牛《かぎゅう》の歩みになった。

「じつはな……」

聡四郎は吉宗が今回の参拝を許した理由を話した。

「上様が……」

「なかなか」

驚く山崎伊織に感心する袖と、反応が違った。

「おそらく、今日が竹姫さま最後の外出になろう」

「最後でございまするか」

山崎伊織が小さくうなった。

「それに襲うほうも、まさか竹姫さまがお歩きになるとは思うまい」

「……たしかに」

大奥で中臈以上の女中の外出は駕籠と決まっている。たとえ実家に帰るときでも、駕籠で乗り付ける。実家の格式が低く、玄関式台《しきだい》を持たない場合は座敷まで土足で駕籠が入るくらい、大奥女中は歩かない。

なかには大奥の廊下さえ、担がせた駕籠で移動したという強者までいたのだ。

「少しの間だけだ。駕籠の御簾越しでも外は見られる。だが、御簾の隙間からでしかない。空の広さを区切られずには見られぬ」

「ですが……」

山崎伊織が苦吟した。

「なにをしておる」

入江無手斎が様子を見に来た。

「……ということでございまして」

聡四郎は事情を説明した。

「ほう。将軍家もやるものだな。籠の鳥にする前に、大空を教えておこうというか。よいお覚悟だの」

入江無手斎が感嘆した。

「百聞は一見にしかずは真実じゃ。天下を治めるならば、庶民の一日を知らねばならぬ。それを将軍家はご存じ。となれば、近来稀《まれ》に見る名君であろうよ」

「はい」

聡四郎も入江無手斎の意見に賛同した。

「まあ、名君ほど人使いは荒いと決まっておるがな」

「…………」

にやりと笑った入江無手斎に、聡四郎は苦笑するしかなかった。

「で、なにをもめているのじゃ」

入江無手斎が首をかしげた。

「竹姫さまは狙われておられるのでございまするぞ。そのお方を他人目にさらすなど論外でございましょう」

山崎伊織が当たり前の論理を口にした。

「袖、そなたはどう思っているのだ」

ずっと黙っている袖に、入江無手斎が問うた。

「竹姫さまの思われるようにするだけ。我らはそれを全力でかなえればいい。敵が来るならば、撃退する。違うか」

なにを悩むことがあると䄂が告げた。

「ほれ、正論が出たわ」

入江無手斎が手を叩いた。

「しかし、姫さまを危険にさらすなど……」

山崎伊織がまだ抵抗した。

「御広敷伊賀者は、大奥女中の守護者なのであろう」

䄂が口を出した。

「そうだ」

言われた山崎伊織が胸を張った。

「守護者というのは、駕籠のなかの鳥を、ずっと見ているだけか」

「……なにを」

䄂の発言に山崎伊織が表情を変えた。

「敵の手が届かぬところに閉じこめるのを守護というのか、江戸の伊賀は。近づいてきた猫を追い払うだけ。そのようなもの、十歳の子供でもできるわ」

「…………」

厳しい指摘に山崎伊織が黙った。

「いたずらに危険を冒すのは愚か者のすること。だが、危ないからといってなにもさせないのは、守護の力不足でしかない」

袖が厳しく指摘した。

「姫さまは、もう生涯外に出られなくなるのだぞ。上様の御台所になられるのは、姫さまのお幸せには違いない。ただ、それだけでよいのか」

「…………」

「袖、そなたの負担が大きくなるのだぞ」

反論できない山崎伊織をおいて、聡四郎が訊いた。

「その覚悟もなしで、姫さまのお側にあれるものか。玄馬を見習うだけよ。おぬしに仕えるというのは、いつ襲われるかわからぬと同義。それを玄馬はしてのけている。ならば、吾も相応のまねをせねばならぬ。吾は玄馬の荷物になるのは嫌だからな」

袖が当然のことだと応じた。

「……わかりましてございまする」

女忍にそこまでの覚悟を見せられて、御広敷伊賀者が黙っているわけにはいかないと山崎伊織が認めた。

「ただ、一拍だけ猶予をいただきたい。あと、さすがに広小路へ入ってまでは、無理でござる」

手配りの時間と、江戸でも指折りの繁華な広小路への進入は止めてくれと山崎伊織が条件を付けた。

「うむ」

当然の要求だと、聡四郎は首肯した。

「では、ゆっくりと二十数えるだけ待っていただきたい」

そう言い残した山崎伊織が走って行った。

「さて、儂は後ろを付いてくる馬鹿どもの相手をするか。玄馬、そなたは殿のもとを離れるなよ」

入江無手斎が、大宮玄馬に指示を出して行列の後ろへと進んでいった。

「駕籠、止まれ」

聡四郎はほとんど動いていない駕籠を、正式に停止させた。

「鈴音どの」

「まったく無茶を」

駕籠を挟んで反対側にいた鈴音に、会話は届いていた。

「わたくしが姫さまのお手を引きまする」

「ならば、その前を拙者が」

「後ろは吾が守る」

鈴音、聡四郎、紬の三人が位置を決めた。

「玄馬は、紬の後ろを」

「承知」

聡四郎の命に、大宮玄馬が応じた。

「背中は任せる」

「矢玉といえども通さぬ」

紬の信頼に、大宮玄馬が刀の柄《つか》を叩いた。


止まった行列に藤林耕斎たちが、怪訝な顔をした。

「なにかあったか」

「見て参りましょう」

弥平次が駆け出そうとした。

「待て、うかつに近づくな。行列の後ろには御広敷伊賀者がいる。しばし、様子を見よう」

弥平次を制した藤林耕斎が、さりげなく近くの店先へと移動した。

「よいもののようじゃな。国への土産にどうか」

勤番侍の体《てい》を装っていた藤林耕斎が、門前町に並ぶ商家の店先を覗きこんだ。

「…………」

かかわりのない者のように、商人に放下《ほうか》した弥平次がその後ろを通り過ぎようとした。

「悪いの。ここから先は遠慮してくれぬか」

入江無手斎が弥平次の行く手を遮った。

「……なんでございましょう」

刹那《せつな》戸惑った弥平次が、商人らしく入江無手斎に対応した。

「気づかれていないと思っているなら、そのていど。通したところで、吾が弟子どもの刀の錆《さび》になるだけ。悪かったの、足を止めて」

「なっ……」

鼻先で入江無手斎が笑い、道を空けた。

「止めておけ」

藤林耕斎が怒った弥平次を押さえた。

「そっちはちいとましかの」

入江無手斎が口の端を吊り上げた。

「乗らぬ」

藤林耕斎がすっと腰から下だけで三間（約五・四メートル）下がった。

「思ったよりも、やるの」

しっかり弥平次を摑《つか》まえたままで移動しながら重心を狂わさなかった藤林耕斎を、入江無手斎が褒めた。

「頭領」

「黙れ、愚か者」

正体を口にした弥平次を藤林耕斎が叱った。

「おぬしが、頭領か」

入江無手斎が哀れみの目を向けた。

「先日、屋敷を襲った者といい、ろくでもない配下ばかりでは苦労するであろう」

傷つき捕まった袖を殺そうとして伊賀の郷忍が水城家の屋敷へと侵入した。袖をそそのかして聡四郎をもう一度襲わせ、その後消そうとしたのである。

だが、紅の説得と大宮玄馬への思慕で、寝返っていた袖によって企《たくら》みは潰《つい》えた。

そのとき、水城家に入りこんでいた郷忍は入江無手斎の手で討たれていた。

「…………」

苦い顔を藤林耕斎が浮かべた。

「儂も伊賀の郷を知っておる。諸国を修行で巡っていたときに、伊賀へも行った。伊賀がどれだけ生きていくに厳しいかはわかっておる」

太刀に手も置かず、入江無手斎が続けた。

「だがな、今まで伊賀は歴史を紡《つむ》げていたのだろう。ならば、国を捨てずともよかろう。たしかによりよい日々を望むのは人の性《さが》。されど欲を掻《か》いて死ぬよりは、貧しくとも代を重ねていけるほうがよいのではないかと、儂などは思うがの」

「他人に言われたくないわ」

懇切な説得を一言で藤林耕斎が切って捨てた。

「なによりも死ぬと限ったものでもあるまい。栄耀栄華《えいようえいが》をこの手にできるかも知れぬではないか」

藤林耕斎が夢は動かねば手にできぬと言い返した。

「…………」

「くっ」

「ひっっ……」

無言で殺気を発した入江無手斎に、藤林耕斎は唇を噛んで耐え、弥平次は悲鳴をあげた。

「夢のために他人を犠牲にするな。なにより江戸を舐めてはいかぬの。どこにどのような化けものが潜んでいるかわからぬ。江戸で長生きするには、君子危うきに近寄らずが肝心」

殺気を消した入江無手斎が述べた。

「もう一つ。これは心底からの忠告じゃ。将軍の想い人に手出しをするのは止めたほうがよいぞ。男は惚れた女のことになると、周囲が見えなくなるもの」

そこまで言った入江無手斎が踵を返した。

「……それにな」

背を向けたままで入江無手斎が藤林耕斎へ語りかけた。

「竹姫さまのお姿を見よ。これが最初で最後の外歩きとわかっていて、心から楽しんでおられる竹姫さま。あのいたいけな笑顔を護るためなら、儂も聡四郎も玄馬も袖も……鬼になるぞ」

宣した入江無手斎が歩き去った。

「……頭領」

弥平次が震えていた。

「……戻るぞ」

藤林耕斎が行列から離れるように歩き出した。

「勝てぬとは思わぬ。ただ、勝負は今ではない。我らは忍ぞ。忍の戦いは正々堂々ではない。相手の隙を見つけて素早く仕留める。正体を見抜かれたときは潔く撤収する。生きてさえいれば、いつでも再戦できる。剣術遣いであろうと、大名であろうと、忍に一度狙われたら助からぬ。それは歴史が証明している。織田信長《おだのぶなが》しかり、上杉謙信《うえすぎけんしん》しかり、武田信玄《たけだしんげん》しかり。忍の手によって命を刈り取られた者は多い。たかが将軍一人など、怖れる相手ではない」

「はい」

頭領の言葉で、弥平次が落ち着いた。

「……竹姫か。その命、しばらく預けておこう」

楽しそうに門前町の店先を見ている竹姫へ、藤林耕斎が告げた。

第四章　反撃の決意

一

大奥七つ口は、その名のとおり夕七つ（午後四時ごろ）に閉じられる。

それまでは、大奥女中にものを売りたい商人や、頼まれていた細工ものを届けに来た職人などで賑わう。

とくに注文を受ける朝開いたばかりのころと、納品をおこなう七つ口が閉まる一刻ほど前は混雑する。

「天英院さまのお館からご注文いただいた品でございまする」

細身の商人が、ていねいに包んだ風呂敷を御広敷添番に差し出した。

「なかをあらためるぞ」

「慎重にお願いいたしまする。天英院さまのご要望の品でございまする。急げとのお言葉をいただいておりまする」

「わかっておるが、誰の荷であろうとも確認せねばならぬ決まりである」

天英院の名前で脅そうとした商人を御広敷添番が抑えた。

「ごめんをくださいませ。細工道具を届けに参りました」

「お邪魔をいたしまする。ご依頼のお茶を持参いたしました」

七つ口に職人、商人が続けて来訪した。

「なんじゃ、一気に。一つ一つあらためる。騒がず、大人しく待っておれ」

御広敷添番が、嫌な顔で行列する者たちを叱りつけた。

「……見ぬ顔ばかりよな」

御広敷番頭はどれだけ七つ口が混雑しようとも、品物をあらためるなどといった雑用をしない。大奥女中からなにか言われない限り、御広敷御門を入ってくる者たちを一日見ているだけが、御広敷番頭の仕事のようなものであった。

「……屋でございまする」

「またか。これでは門限までにこなせぬぞ」

七つ口は火事でもないかぎり、門限どおりに閉鎖される。七つまでに到着していたかどうかなどの事情は勘案されなかった。

「平川御門の書院番同心《しょいんばんどうしん》でござる。竹姫さまの御駕籠、まもなく到着なされまする」

混雑している七つ口に書院番同心が先触れをもたらした。

「ご苦労でござる」

身分では同心より上だが、今は竹姫の先触れである。御広敷番頭がていねいな態度で応じた。

「一同、竹姫さまの行列がお通りになる。御広敷御門から大奥玄関までを広く空け、その場で控えおれ」

大声で御広敷番頭が指示をした。

「それでは刻限に……」

「口を閉じよ」

並んでいる商人の一人が苦情を言いかけたが、御広敷添番に睨みつけられて黙った。

「お迎えに出る」

配下の御広敷添番に残して、御広敷番頭が御広敷御門外で片膝をついた。

行きは平川門までを御広敷番頭が警固し、帰りは平川門を預かっている書院番が御広敷御門まで先導する。

「お帰りである」

警固役の書院番が御広敷御門に到達した。

「しいいいいい」

御広敷番頭が静謐《せいひつ》の声をあげた。

たちまち御広敷御門内が静かになった。商人たちは土間で膝をつき、役人一同は、その場で頭を垂れる。

そのなかをゆっくりと行列が御広敷御門から正面の大奥玄関へと進んだ。

「御駕籠を止め、下ろせ」

差配役として聡四郎は指図した。

「…………」

竹姫の乗った駕籠が大奥玄関式台に置かれた。

「玄関を開けよ。竹姫さまのお戻りである」

聡四郎が続けた。

「ただちに」

大奥玄関が内側から引き開けられた。

「竹姫さま、お出ましを」

鈴音が駕籠の扉を開けた。

「うむ」

すっと竹姫が立ちあがった。

「お召しを」

袖が駕籠のなかから竹姫の裲襠《うちかけ》を取り出した。散策の邪魔だと脱いだままにしていたが、大奥へ入るとなれば、格式に応じた恰好をしなければならない。裲襠もなしで大奥玄関を潜ったと嘲《あざけ》られては、竹姫の名折れになった。

「ひゅっ」

指笛を鳴らすような音が響いた。

「…………」

平伏していた商人の二人、職人一人が跳ねあがった。

「しゃっ」

「むん」

大奥への納品ものだと持参していた風呂敷包みから棒手裏剣を抜き、二人の商人が投げつけた。

「きえええええ」

職人だと言っていた男が、見事な塗りの箱をたたきつぶして、なかから出てきた忍刀を摑んで斬りかかった。

「ふん」

袖が手にしていた裲襠を投網《とあみ》のように拡げた。

裲襠はもともと防寒のために作られたものだ。美しい表地となめらかな裏地の間には、よく打たれた綿が入れられている。

どれだけの勢いがあろうとも、手裏剣ていどで裲襠は貫けなかった。

「なにっ」

「くっ」

一人が驚き、もう一人は続けて手裏剣を撃った。

「師と大宮玄馬が入れぬ城内。さらに無事に帰ってこられたという油断を狙ったか。藤川め」

聡四郎は藤川義右衛門の策の巧みさに歯がみをした。

「だが、させぬわ」

聡四郎は職人の前に立ちふさがった。

「用人め」

職人に化けていた郷忍が聡四郎を見て足を止め、忍刀を構えなおした。

「伊賀の郷忍か」

聡四郎はわかっていたことをわざと大きな声で言った。

「山崎、姫さまの護りを」

「はっ」

御広敷伊賀者への指揮権を聡四郎は与えられている。言われた山崎伊織と御広敷伊賀者が、大奥玄関の護りに就いた。

「番頭、なにをしておる」

続けて呆然としている御広敷番頭を怒鳴りあげた。

「狼藉者を征伐せんか」

「えっ……しかし、城中で抜刀は……」

御広敷とはいえ、江戸城内には違いない。城内で鯉口《こいぐち》三寸（約九センチメートル）切れば、切腹と決まっていた。

「あほうが。姫を護れず、家が残るか」

ためらわず聡四郎は太刀を抜き放った。

「あっ……」

御広敷番頭が目を剝いた。

「死ね、用人」

職人に化けた郷忍が地を擦るように低く腰を落とし、聡四郎の臑《すね》を狙った。

「甘い」

聡四郎は郷忍が沈んだ瞬間、その意図を見抜いていた。郷忍の踏みこみ、忍刀の刃渡りを一瞬で読み、半歩下がって一撃に空《くう》を切らせた。

「おうりゃああ」

手元に引き戻される忍刀を追って聡四郎は間合いを詰め、肩に担いだ太刀を振り落とした。

「くうう」

姿勢を低くしていた郷忍が、忍刀をかざしてこれを受けた。

忍刀は太刀や脇差と違い、反りのない直刀である。鞘《さや》ごと使って足場の代わりにするためもあり、身の重さに耐えられるだけの厚さを持っていた。

「……………」

上から押さえこむように聡四郎は体重を掛け、郷忍を圧した。

「きええ」

甲高い気合いをあげて女陸尺の一人が、手裏剣を使った商人へ襲いかかった。

「こいつっ」

商人に化けていた郷忍が懐から出した匕首《あいくち》で迎え撃った。

「姫さまを大奥へ。入られたならすぐに玄関を閉めて」

袖が竹姫を避難させようとした。

「皆の者、聞きやれ」

玄関式台から竹姫が大声を出した。

「姫さま……」

「なにを」

鈴音と袖が驚きで固まった。

「妾は女としての幸せを望んではならぬのか」

竹姫が泣きそうな顔で御広敷全体に問うた。

「死なねばならぬほど、妾には罪があるのか」

続けて竹姫が訊いた。

「……きさま、聞こえたか」

一層の力をこめながら、聡四郎が郷忍に問うた。

「…………」

郷忍は答えなかった。

「他人の望みを潰す者に、人並みの幸せは来ぬ。いや、来させぬ」

聡四郎は太刀にさらなる力を加えた。

一放流は全身の筋の力を腕に集め、一撃必殺を極意とする。そこに怒りを足した聡四郎に、郷忍が耐えきれなくなった。

「うぐっ」

忍刀を押し下げられ、そのまま額を割られた郷忍が絶命した。

「ならば、吾が」

残った一人の商人に、袖が躍りかかろうとした。

「待て、藤川がいない。姫さまの側を離れるな。御広敷伊賀者は男だ。姫さまに触ることはできぬ」

聡四郎が制した。藤川義右衛門の攻撃からかばうためとはいえ、御広敷伊賀者が竹姫に覆い被さるとか、手を引くとかするわけにはいかない。

かつて明暦《めいれき》の大火で江戸城にまで火が回ったとき、逃げ遅れた女中たちを救うべく大奥へ入った松平伊豆守信綱《まつだいらいずのかみのぶつな》は、逃げ惑う女の手を引くのではなく、畳の一枚を裏返し、その畳を目印に避難させた。四代将軍家綱の扶育《ふいく》を任されていた松平伊豆守でさえ、そうしたのだ。

竹姫に吉宗以外の男が近づくのはまずかった。

「……承知した」

うなずいた袖が裲襠で幕を作り、竹姫を隠した。

「おうりゃ」

「なんの」

女陸尺と商人に化けた郷忍が戦っていた。

「猪《いの》がやられた。猿《さる》、散るぞ」

「おうよ。熊《くま》」

郷忍が符牒《ふちょう》で互いを呼び合い、逃走にかかった。

「逃がさぬわ」

女陸尺が追撃に出た。

「止めよ。騒動を御広敷から出すな」

聡四郎が止めた。

「なぜだ。刺客は片付けておくべきだろう」

振り向いた女陸尺が不満そうな顔で問うた。

「竹姫さまの評判にかかわる」

将軍の御台所になるには、家柄も重要だが評判も大きな要素であった。曲者《くせもの》に襲われるような女は、天下人の御台所にふさわしくないと異論を出してくる者がかならずいる。

「……わかった」

女陸尺が引いた。

「姫さまを早く、大奥へ」

聡四郎が促した。

「……ひ、姫さま」

斬り死にした者を初めて見たのだろう、固まっていた鈴音が聡四郎の声で動き出した。

「袖、姫さまの前を」

「任せよ」

「後ろを頼む」

女陸尺に聡四郎が告げた。

見事な身体さばきからその正体を聡四郎は御庭之者馬場の妹だと見ていた。御庭之者は御広敷用人の配下ではないので、命令という形を取れなかった。

「承知した」

女陸尺が竹姫と鈴音の後ろに回った。

「さ、姫さま」

鈴音が竹姫を急かした。

「水城、大儀であった」

玄関から竹姫が聡四郎をねぎらった。

「はっ」

聡四郎は血刀を背に回し、片膝をついて頭を垂れた。

「……ご苦労であった」

竹姫一行がなかへ入り、大奥玄関が閉じられたのを確認して、聡四郎は山崎伊織たちの警戒態勢を解いた。

「他の御広敷伊賀者はなにをしていたのだ」

御広敷御門を入ったところに伊賀者詰め所があった。そこには、御広敷伊賀者が一組常駐しているはずであった。

「今……」

山崎伊織が詰め所へと駆けこんだ。

「誰もおらぬ……だと」

なかを見た山崎伊織が呆然とした。

「なんだと」

聡四郎も絶句した。

「またか」

「それはございませぬ」

御広敷伊賀者が敵になったと口にした聡四郎に山崎伊織が顔色を変えた。

一度、吉宗に敵対した御広敷伊賀者は徹底した粛清《しゅくせい》を受けている。山里郭伊賀者を異動させるなどで、なんとか継続することが許された御広敷伊賀者だが、もう一度吉宗に敵対すれば滅ぼされる。

「では、なんだ、この体たらくは」

聡四郎は激怒した。

御広敷伊賀者が詰め所に残って、まともに機能していれば、三人もの郷忍に侵入されて気づかないなどあり得ない。

「ただちに」

山崎伊織が懐から小さな笛を出して吹いた。

「どうした」

しばらくして御広敷伊賀者たちが詰め所へ戻ってきた。

「これは……」

「なにがあった」

惨状に御広敷伊賀者たちが目を剝いた。

「坂間《さかま》、どこへ行っていた」

山崎伊織が詰め寄った。

「天英院さまのお館から、不審な者が出たとのお報せがあって、そやつを探しに大奥へ入っていた」

訊かれた坂間が答えた。

「全員でか。詰め所に何人か残らねばならぬ決まりであろう」

山崎伊織が怒鳴りつけた。

「そこな御広敷番頭どのが、天英院さまのご命ゆえ全員で取りかかり、確実に不審者を捕縛せよと言われたのだ」

坂間がまだ震えたままの御広敷番頭を指さした。

聡四郎の下に入ったとはいえ、職制上、御広敷伊賀者は御広敷番頭の配下であることは変わっていない。上役の命に逆らうわけにはいかなかった。

「……きさま」

「し、知らなかったのでござる。拙者は、天英院さまよりの、総力を挙げて胡乱《うろん》な者を探索いたせとのご指示に従っただけでござる」

憤怒《ふんぬ》の表情をした聡四郎に、御広敷番頭が大きく首を振って否定した。

「それで七名全員を出したのか。愚か者。御広敷と七つ口の警衛をどうするつもりであった」

「それくらいならば、御広敷添番と御広敷侍で対応できると。七つ口に来るのは商人か職人でござれば、我ら旗本の相手にはなりませぬ」

聡四郎の指摘にも、御広敷番頭が言いのがれをしようとした。

「ふざけたことを……」

「わたくしよりも用人さまのほうが、大事でございましょう。城中で太刀を抜いたのみならず、御広敷を血で汚されたのでござるぞ」

御広敷番頭が聡四郎の責を言い立てて、話をすり替えようとした。

「それがどうした。竹姫さまをお護りするために太刀を振るったのだ。敵を倒さず、竹姫さまに万一があったよりははるかにましぞ。吾がことは、この身に引き替えればすむ。だが、竹姫さまにお怪我でもさせてみよ。御広敷全体が潰されるわ」

聡四郎はあきれ果てた。

「もうよい、そなたは下がれ。屋敷で身を慎んでおれ」

「わたくしはなにもまちがってはおりませぬ」

御広敷番頭が拒んだ。

「そもそも御広敷はわたくしども番頭が差配しておったのでござる。それを昨日今日新設されたばかりの用人に、なにがわかると」

反論を御広敷番頭が展開した。

「天英院さまに逆らって、御広敷から飛ばされた者がどれだけいたと思われる。それも他の役目への左遷ならばまだしも、ほとんどがお咎め小普請《こぶしん》入り、なかには家ごと潰された者もおりまする」

御広敷番頭が震えた。

「そなたは御広敷が大奥の下だと言いたいのだな」

「そうだ。我ら御広敷は大奥女中の鼻息を窺っていなければならぬのだ」

確認した聡四郎に、言葉遣いも忘れた御広敷番頭が応じた。

「わかった。そなたは上様のお考えがわかっておらぬということがな」

聡四郎は御広敷番頭から顔を背けた。

「山崎」

「ご用人さま、なにとぞ」

御広敷伊賀者を許してくれと山崎伊織が平伏した。

「思うところがあるゆえ、この場で許すとは言わぬ。上役の命に唯々《いい》諾々《だくだく》と従うのが配下の責務ではあるが、大奥警固を役目とする者に、盲従はふさわしくなかろう。大手門だけ護っていれば、城が落ちぬわけではない。搦《から》め手からの攻めを考慮に入れてこそ、城は保てる」

「……はい」

山崎伊織がうなだれた。

「ご判断は、上様にお預けする」

「…………」

告げた聡四郎に山崎伊織が唇を嚙んだ。

「ただし、本日のそなたたち竹姫さまの警固を担った者どもの仕事ぶりは見事であったとお話ししておく」

「ご用人さま……」

一度顔をあげた山崎伊織がふたたび頭を下げた。

二

御広敷での騒動はすぐに大奥へ広まった。

「お方さま、お館からお出ましになられませぬよう。火の番ども、お方さまをお護りいたせ」

月光院付きの松島が万一に備えた。館全体が緊張に包まれた。

対して天英院の館はいつもどおりであった。

「お方さま、御広敷でなにやらあったようでございまする」

茶を点《た》てながら、天候の話をするように姉小路が天英院に言った。

「そうか。そういえば今日、竹がどこぞへ出かけていたのではないかの」

茶碗を愛《め》でながら、天英院が述べた。

「お戻りなされたとは聞いておりませんが、ひょっとすればちょうどお帰りのころかも知れませぬ」

「騒動に巻きこまれておらねばよいがの」

天英院が頰を緩めた。

「さようでございますな」

ふたたび茶を点てはじめた姉小路がうなずいた。

「そういえば、呼びつけた伊賀者どもはどうしたのじゃ。まだおるようならば追い出せ。伊賀者が近くに潜んでいるなどと思うだけでも、身の毛がよだつ」

「はい」

肩を抱くようにした天英院に、姉小路が首肯した。

「ところで、お世継ぎどののご体調はどうなっておる」

天英院が思い出したように尋ねた。

「危篤状態は抜け出したようでございますが、まだ本復には遠いとか」

姉小路が答えた。

「それはかわいそうじゃの。がんぜない子供が苦痛でのたうつなど、させてはなるまい」

わざとらしく天英院が眉をひそめた。

「はい。苦しみは短いほうがよろしいかと」

「うむ、うむ」

天英院が同意した。

「慈悲を与えてやらねばの」

「騒動が始まったとあれば、そろそろでございましょう」

二人が顔を見合わせて笑った。


御広敷での騒ぎは、中奥にもすぐに報された。

「竹が御広敷で襲われただと」

「そのように報告が」

驚く吉宗に加納近江守が首肯した。

「水城め、なにをしておる」

「すぐに援護を」

舌打ちした吉宗に、加納近江守が進言した。

「手がない」

「御庭之者をお使いになられては……」

言いながら加納近江守が天井を見上げた。

「今はおらぬ。御庭之者はすべて長福丸に付けた」

「なんと」

知らされた加納近江守が驚いた。

「毒殺しようとして失敗したのだ。かならず、もう一度やってくるだろう。今の躬には、七歳をこえた世継ぎたれる者は長福丸しかおらぬからな。将軍世子の空白は、家綱さまの二の舞になる」

「四代さまの……」

加納近江守が首をかしげた。

「家綱さまには跡継ぎがなかった。結果、大老酒井雅楽頭《さかいうたのかみ》によって、鎌倉《かまくら》の故事が持ち出された。宮《みや》将軍という徳川の血筋でない者を飾りとして置き、天下の政《まつりごと》を老中たちが思うままにおこなうという執政どもの野心だな」

老中、大老といえども、徳川家の家臣なのだ。将軍が徳川の出であれば、忠誠を尽くさなければならない。対して、宮将軍だと忠誠を捧げずともよく、気に入らなければすげかえればいい。事実、鎌倉幕府の執権だった北条《ほうじょう》家によって、将軍の地位から放り出された宮家はいた。つまり、前例があることになる。

「それを防ぐには、長福丸の跡を決めねばならぬ。そして、今、将軍世継ぎになれるのは、松平右近将監、尾張徳川、紀州徳川だ。水戸徳川は紀州徳川に人がいないときのみだからな、排除できる」

冷静に吾が子の死後を吉宗が語った。

己も御三家から将軍になっただけに、そのあたりのことには詳しい。吉宗が語った。

「わかるか。今ならば、まだ右近将監も将軍継嗣になりえる」

「では、また、長福丸さまを」

加納近江守が顔色を白くした。

「来る。躬を殺すより確実だからな。躬を殺したところで、長福丸が西の丸にあるかぎり、右近将監に九代の座は回らぬ。天英院が、今の苦況を脱するには右近将監を将軍にするしかない」

吉宗が断言した。

「……竹は道中で襲われてはおらぬのだな」

「そのような話は出ておりませぬ」

念を押した吉宗に、加納近江守がうなずいた。

「わざわざ御広敷で襲うか。帰ってきたとの油断を狙ったというのもあろうが、そこに人の目を向けるため……」

吉宗が思案を始めた。

「近江、西の丸へ急げ」

「はっ」

そこまで言われて、命の意味を理解できないようでは、御側御用取次などできない。加納近江守が動き出した。

「天英院め。躬ならばまだしも、子を狙うとは。吾が子ではないとはいえ、女が子供を殺そうとするなど、許しがたい」

吉宗の表情がゆがんだ。

「このままですませはせぬぞ」

厳しい目で吉宗が断じた。

毒を盛られてから長福丸の警固は厚くなっていた。まだ動かすには体力が足りぬということで、西の丸大奥に在している長福丸のため、大奥火の番十二名が動員されていた。そのうえで御広敷伊賀者一組も派遣されている。

さらにまたもや毒を使われたときのことを考え、奥医師二名が病間で待機している。

数をもって押し切ろうとされない限り、十分な布陣であった。

「……ずいぶんと手厚い」

西の丸へと侵入した藤川義右衛門が感心した。

「屋根裏に三人ということは、床下にもおろう。あとは庭と控えか」

少し前まで、御広敷伊賀者をまとめていたのだ。御広敷伊賀者がどのような警固の形を取るかなど、藤川義右衛門は十分に読んでいた。

「だが、甘い」

藤川義右衛門がほくそ笑んだ。

「伊賀者の気配が濃いところにこそ、長福丸はいる」

静かに、守宮《やもり》のように、藤川義右衛門が屋根裏の梁《はり》を利用して、奥へ奥へと進んでいった。

「あれは幻左《げんざ》だな。相変わらず、前ばかりを気にしている」

かつての配下の姿を藤川義右衛門が見つけた。

「人の目は正面から左右、一定の幅しか見えぬゆえ、ときどきは首を振って辺りを確認せよと教えたのは、無駄だったな。まあ、そのおかげでこちらは楽ができる」

大きく迂回をして幻左を藤川義右衛門がやり過ごした。

「あとの二人はあそことあそこか。その三人の中央、この下に目標はいるはず」

独りごちた藤川義右衛門が、懐から針のようなものを取り出し、天井板に穴を開け始めた。

「……やはりいたな」

その穴から下を覗いた藤川義右衛門が口の端を吊り上げた。

「お世継ぎさま。恨みはないが、これも仕事だ。京の刺客屋が江戸へ進出した挨拶代わり。父の因果《いんが》も含めて死ぬがいい。吾が名を江戸の闇に高めるためにもな」

穴に黒い絹糸を藤川義右衛門が通し、荒い息を吐いている長福丸の口へと絹糸を下ろした。

「せめてもの情け。苦しむまもなく死ねる猛毒を使ってやる」

懐から出した親指ほどの革袋を糸にくっつけ、中身を押し出した。茶色い水がわずかに革袋から糸へ移り、下へと伝っていった。

「……二、三、四、五」

唯一の穴を糸が使っている。薬が届いたかどうかを藤川義右衛門は数を数えることで計った。

「これで……」

届いたと把握した藤川義右衛門が糸を引っ張ろうとして、後ろへ跳んだ。

「ちっ」

今まで横たわっていたところに、竹串のようなものが三本刺さっていた。

「見つかったか」

「気づかれずにすむと思っていたとはな」

周囲に目をやった藤川義右衛門に声だけが応じた。

「罠……ではなさそうだ」

最初から仕組まれていたならば、藤川義右衛門の命はもうない。向こうが後手《ごて》に回ったからこそ、薬を使えた。

「…………」

ふたたび竹串が飛んできた。

「なるほどな。天井板を破くわけにはいかぬか。御庭之者だな」

下に長福丸が寝ている。棒手裏剣などを投げて、外れたものが下に落ちては大事になる。

「……やる。だてに伊賀者を率いてはいなかったようだ」

見抜かれたと悟った村垣源左衛門が苦い声を出した。

「とわかれば、こちらが有利」

制限のある御庭之者とない藤川義右衛門では、執れる手段に差がある。

藤川義右衛門がさっと身を翻した。

「逃がさぬわ」

村垣源左衛門が追った。

「御広敷伊賀者ども、寝ているのか。敵ぞ」

忍独特の発声で村垣源左衛門が警告を発した。

「なっ」

「いつのまに」

「ばかな。我らの結界が……」

三人の御広敷伊賀者が慌てた。

「成長せぬの、そなたたちは」

藤川義右衛門が嘲笑をした。

「その声は、頭」

「もう違うわ」

一層の驚愕をした幻左に藤川義右衛門が襲いかかった。

「わっ」

驚きのために対応が遅れた幻左が藤川義右衛門の手にしていた棒手裏剣で突かれた。

「あがっが」

致命傷には至らない太ももの傷だったにもかかわらず、幻左が血を吐いて悶絶した。

「毒……」

藤川義右衛門に襲いかかろうとしていた御広敷伊賀者たちが躊躇《ちゅうちょ》した。

「情けない。お世継ぎさまのお命を狙う者に怯えるなど」

村垣源左衛門が嘆息した。

「よいのか。この薬をお世継ぎさまの口へ垂らしたのだぞ。今すぐ解毒すれば間に合うかも知れぬ」

懐から別の革袋を出し、藤川義右衛門が振って見せた。

「解毒薬を渡すから見逃せと言うか。笑わせる」

村垣源左衛門が鼻先であしらった。

「それが解毒薬だという保証はどこにある。なにより、伊賀の死に様からもわかる。その毒を使われてお世継ぎさまが生きているはずはなかろう。そのていどのことで御庭之者を焦らせようなど」

「……………」

意図を見抜かれた藤川義右衛門が黙った。

「ついでに教えてくれるわ。お世継ぎさまのお口にそのようなものは入っておらぬ。お世継ぎさまの側に付いていた奥医師の一人は、御庭之者だ。天井から降りてきた糸を見逃すことなどない」

「下にも配していたのか」

藤川義右衛門が舌打ちをした。

「なにせ、御広敷伊賀者が信用できぬでな」

遠慮なく村垣源左衛門が告げた。

「なつ、なにを」

「きさま……」

御広敷伊賀者たちが、村垣源左衛門の発言に憤慨した。

「結界を張っておきながら、お世継ぎさまの真上まで侵入を許す。さらに相手が毒を使うとわかれば、二の足を踏む。そんな者を信用しろと。笑わせるな」

藤川義右衛門から目を離さず、村垣源左衛門が言った。

「それはっ……」

「…………」

正論に二人の御広敷伊賀者が詰まった。

「さて、藤川。あきらめて縛《ばく》に就け」

「笑わせるな。鞘蔵《さやぞう》、達之介《たつのすけ》、吾に従え。三十俵三人扶持《ぶち》ではできぬ生活を保証してやる」

藤川義右衛門がかつての配下を勧誘した。

「…………」

伊賀者二人が応答をしなかった。

「そのままだと、おまえたちは終わるぞ。失策のうえ、信頼をなくしたのだ。そんな忍に居場所をくれるほど、将軍は優しくない」

「うっ」

「おいっ。落ち着け」

揺らいだ鞘蔵を達之介がなだめた。

「達之介、おまえもわかっているのだろう。御広敷伊賀者に未来《さき》がないことを。金になる遠国御用は御庭之者に奪われた。残った大奥警固も、いずれ御庭之者の数が増えたとき、取り上げられるとな」

「……………」

今度は達之介が黙った。

「愚か者どもが。そのような誘いに耳を傾けてどうする。上様は努力する者をお引き上げくださる。一度の失敗など取り返せる。ここで裏切れば、天下に居場所はなくなるぞ。かならずや、探し出されて極刑に処せられる」

村垣源左衛門が二人に注意を与えた。

「将軍の威光の届かぬところはある。幕府が光ならば、その影に潜めばいい。将軍が輝けば輝くほど、闇は濃くなりなかは見通せなくなる」

藤川義右衛門が言いながら、手裏剣を村垣源左衛門に向けて投げつけた。

「……………」

手裏剣を躱《かわ》しながら、村垣源左衛門も撃ち返した。

「いいのか、手裏剣が落ちても……」

「すでにお世継ぎさまのお座敷から外れたわ」

動きながらの遣《や》り取《と》りで、村垣源左衛門は藤川義右衛門をうまく誘導していた。

「……やる」

藤川義右衛門が感嘆した。

「戦いの最中に他のことをしようとするからだ」

村垣源左衛門が藤川義右衛門へ襲いかかった。

「鞘蔵、防げ」

藤川義右衛門が叫んだ。

「……つっ」

その声に、村垣源左衛門が反応してしまった。

「えっ、えっ」

名前を出された鞘蔵が戸惑った。

「面倒な。味方か敵かわからぬ者は、邪魔だ」

村垣源左衛門が御広敷伊賀者二人を追い払おうと手を動かした。

「吾は上様を裏切らぬ」

達之介が藤川義右衛門へ手裏剣を向けた。

「残念だ。おまえはどうする。金はくれてやるぞ。なあに、伊賀者はおまえだけではない。他にも仲間はおる」

藤川義右衛門が手裏剣を忍刀ではじきながら、鞘蔵を誘った。

「わ、吾は……」

鞘蔵がためらいを見せた。

「我らで江戸の闇を支配しようではないか。人をこえた技を持つ者が、夜を従えるのは当然だろう。闇は金になるぞ」

「……………」

誘惑に鞘蔵が口をつぐんだ。

「惑わされるな。伊賀は裏切りを見逃さぬ」

達之介が警告を発した。

「うるさいぞ、達之介。鞘蔵の思案を邪魔するな」

不意に藤川義右衛門が梁を蹴った。

「くそっ」

直接ではなく、梁を蹴ることで方向を変えて、横から襲い来た藤川義右衛門に、達之介が遅れた。

「しまった」

肩をかすられた達之介が蒼白になった。

「情けなし」

村垣源左衛門が援護に入った。

「日が悪いようだ。今日はこれで帰るとするか。行くぞ、鞘蔵」

「……わかった」

背を向けて走り出した藤川義右衛門に、鞘蔵が従った。

「くっ」

村垣源左衛門が唇を噛んだ。

「……こいつを置いて追えぬ」

村垣源左衛門が毒を受けた達之介を見下ろした。

「もう一人の伊賀者が裏切ったのだ。こいつを放置しておけば、吾のおらぬ間に、お世継ぎさまを襲いかねぬ」

もう村垣源左衛門は御広敷伊賀者を敵として見ていた。

「源左」

しばらくして奥医師に化けていた御庭之者が天井裏へ上がってきた。

「馬場か」

「こいつは……」

「……というありさまよ」

問われた村垣源左衛門が吐き捨てるように述べた。

「毒を喰らったか。伊賀者が使うとあれば、斑猫《はんみょう》に腐肉《ふにく》と鳥兜《とりかぶと》を合わせたものだろう。ならば、これが効くはずだ」

馬場が懐から毒消しを出した。

「もう一人が即死したほど強いぞ」

村垣源左衛門が念を押した。

「体内に入ってから効果を発する仕組みだろう。でなければ、危なくて持ち運びできぬでな。己がまちがって触れて死んでは、笑いものだろう」

傷次第ではなんとかなるだろうと馬場が否定した。

「……これで助かるかどうかは、本人次第だな」

「意識はあるのか」

先ほどの疑念を村垣源左衛門はまだ捨てていなかった。

「あるにはあるな。薬を塗ったとき、少しだけ目を開いたからの」

毒消しを仕舞いながら、馬場が告げた。

「一応武器は取りあげておく」

馬場が手裏剣や忍刀を達之介から離した。

「上様にご報告申しあげてくる。油断するな。逃げたとは思うが……」

「わかっている。すでにお世継ぎさまは別の場所へ移している」

「おいっ」

動かすことも難しいと聞かされていたのだ。村垣源左衛門が驚いたのも当然であった。

「安心せい。動かせないとはいえ、表までは遠すぎるだけで、十間（約十八メートル）やそこらならば、夜具ごと担げばさほどの無理はおかけせぬ」

馬場が大丈夫だと手を振った。

「御庭之者随一の医術家のそなたが言うならば、まちがいないだろう。ああ、どこへお移り願ったかは問わぬ」

ちらと村垣源左衛門がまだ横たわったままの達之介を見た。

「うむ。では、頼んだ」

「おう」

村垣源左衛門が音もなく、天井裏を走り去った。

三

聡四郎は血刀を用人部屋に残し、吉宗の前へ報告に出た。

「上様、申しわけもございませぬ。竹姫さまに不浄なものをお見せしてしまいました」

最初に聡四郎は額を畳に押しつけて詫びた。血は穢れとされている。竹姫の前で、刺客を一人仕留めたことを聡四郎は述べた。

「詫びてどうする」

吉宗があきれた。

「そなたの仕事はなんぞ。竹の身体を護ることであろうが。竹に傷でも負わせたというならば、厳しく咎めよう。でなく、無事に大奥へ帰したのであれば、褒められるべきである」

そこまで言って、吉宗が一旦言葉を切った。

「水城聡四郎、大儀」

「畏れ多いことでございまする」

役目を無事果たしたと褒めた吉宗に、聡四郎は平伏した。

「上様、御広敷伊賀者につきましてはいかがいたしましょう」

御広敷での詳細をあらためて聡四郎は語った。

「……素直なのは良いが、少しはものを考えるようにせねばならぬな」

天英院の策にはまるようでは、話にならないと吉宗が嘆息した。

「遠藤湖夕《えんどうこゆう》はもう少しできると思ったが、いささかときがなさすぎたか」

御広敷伊賀者を束ねる頭は、藤川義右衛門の出奔《しゅっぽん》を受けて、もと山里郭伊賀者頭の遠藤湖夕になっていた。遠藤湖夕は吉宗の意とするところをよく汲《く》むが、まだ御広敷伊賀者の頭となって日が浅く、組を完全に掌握しているとはいえなかった。

「組み直させるしかないか……」

「お待ちくださいませ。ただいま、上様は……」

吉宗が思案に入ったところに、御休息の間外で小姓が誰かを押しとどめる声が聞こえてきた。

「近江はまだ戻っておらぬか。よい、誰かは知らぬが通せ」

吉宗が上段の間から大声で許可を与えた。

「……ご免くださいませ」

すぐに黒の麻裃《あさがみしも》を身につけた旗本が、御休息の間下段へ入ってきた。

「……目付衆」

黒の麻裃は目付の装束として知られていた。聡四郎は言上の邪魔にならぬよう、下段の間中央から、右端へと身を寄せた。

「目付、狭山壱《さやまいち》ノ《の》丞《じょう》でございまする」

下段の間中央に手をついた目付が名乗りを上げた。

「何用か」

吉宗が用件を問うた。

「ただいま、御広敷番頭より訴えがございました。御広敷用人水城聡四郎、殿中《でんちゅう》で刀を抜いたうえ、不浄の血を散らせたと」

狭山と名乗った目付が、聡四郎を睨みつけた。

「水城を追って参ったか」

「お目通りを願っていると伺いました。殿中法度《はっと》にかかわることゆえ、お目通りの最中とは存じましたが……」

確認した吉宗に、狭山が告げた。

「最初からの事情は調べて参ったであろうな」

まだ言い募ろうとした狭山を、吉宗が遮った。

「一応のところは」

「竹が襲われたのを護ってのこととわかっているのだな」

「はい。しかし、殿中での抜刀は……」

狭山が罪を言い立てた。

「ほう。では、竹が害されても、警固の者は抜いてはならぬと。いや、躬に刺客が迫ろうとも、小姓《こしょう》どもは素手で対応せよと」

「はい。殿中での抜刀は赤穂浅野《あこうあさの》家の前例にもございますように、切腹と決まっておりまする」

堂々と狭山がうなずいた。

「……そうか」

吉宗が目を細めた。

「素手で防ぎきれなんだ場合は、躬の身体に凶刃が迫るぞ」

「それでも決まりは決まりでございまする。小姓たちが盾になっておりますあいだに、上様にはお逃げいただければ、お身体になにかという事態にはなりませぬ」

狭山が述べた。

「躬が逃げるだけのときを稼げなかったときはどうする」

「そのようなことはございませぬ」

吉宗の懸念を狭山は相手にしなかった。

「では、三十ほどの忍に襲われたとしたらどうだ」

「それだけの数を、ここまで通しませぬ」

「二百で来たら、三十くらいは届くぞ」

頑《かたく》なな狭山を吉宗が揶揄《やゆ》した。

「ありえませぬ」

狭山は否定した。

「あるかないかは、そのときが来ればわかること。とにかく殿中で刀を抜いたのが法度に触れるというのだな」

もう一度吉宗が確認した。

「さようでございまする」

うなずいた狭山が、聡四郎へと身体を向けた。

「御広敷用人水城聡四郎。下城を差し止め、目付部屋への同道を命じる。懐刀をよこせ」

懐刀は女が操を守るよう、武士が名誉のために自決するときに使うもので、こればかりは将軍の前でも帯びることが許されている。その懐刀を取りあげるというのは、武士としての誇りである自決さえさせない、罪人として扱うとの意味であった。

「狭山壱ノ丞」

それに応じたのは、吉宗であった。

「そなたの職を解く。さらに閉門《へいもん》を命じる。屋敷に戻り、慎んでおれ」

「なっ、なにを」

咎めを言い渡された狭山が絶句した。

「聞こえなかったか」

「は、旗本に罪を言い渡すのは評定所《ひょうじょうしょ》の……」

あきれた吉宗に、狭山が悪手を打った。

「躬は将軍である。主が家臣を咎めるのだ。なんの問題がある」

「しかし、上様といえどもいきなりはあまりでございましょう。わたくしに非があるとお考えならば、目付にお預けいただくのが慣例で……」

「そして仲間にかばわれて無罪放免か。笑わせるな」

まだ反論しようとする狭山を吉宗が怒鳴りつけた。

「……………」

吉宗の怒りをようやく理解した狭山が言葉を失った。

「躬の命で竹を護った者を咎め、躬が叱った者を救う。それが目付の役目か」

「……………」

狭山が黙った。

「誰ぞ、これへ」

「これに」

小姓番頭が下段の間外襖際に手をついた。

「こやつを放り出せ。あと、躬がじきじきに罪を言い渡したと目付部屋へ申しつけて来い」

「ただちに」

近くに仕えているだけあって、小姓番頭は吉宗の気性をよくわかっている。小姓番頭が急ぎ、踵を返そうとした。

「目付として命じる。待て」

あわてて止めようと手を伸ばした狭山を無視して小姓番頭が遠ざかった。

「水城、褒美《ほうび》をやろう。近《ちこ》う寄れ」

吉宗が、聡四郎を手招きした。

「はっ」

将軍からの褒美を断るのは無礼になる。聡四郎は上段の間際まで膝行《しっこう》し、そこで平伏した。

「太刀が血で汚れたであろう。代わりをくれてやる。これを使うがよい」

吉宗が自ら床の間に置かれていた太刀を取り、聡四郎に手渡した。

「……こ、このような」

さすがの聡四郎も目を剝《む》いた。武士にとって刀は表道具である。将軍とはいえ、佩刀《はいとう》には気を使う。その愛用の太刀を下賜されるというのは、なによりの名誉であり、信頼の証であった。

「重い。さっさと受け取れ」

恐縮して固まっている聡四郎へ、吉宗が太刀を突き出した。

「かたじけのうございまする」

聡四郎は太刀を頭上に押しいただいた。

「上様」

放置された狭山が声をあげた。

「……まだいたのか、愚か者が」

氷のような目で吉宗が狭山を見た。

「目付とはなんのためにあるのか、もう一度考えるときをくれてやろうと思ったが、それほど慣例、慣習に染まっていてはどうしようもない」

「なにを仰せに……」

吉宗の表情から狭山がなにかを感じ取った。

「幕府は緊迫した財政にある。無能どころか害悪にしかならぬ者に禄をくれてやるほど余裕はない」

「……まさか」

狭山が血の気を失った。

「知行《ちぎょう》を取りあげ、代わって廩米《りんまい》百俵を与え、小普請入りを命じる。以降、目通りはかなわぬ」

旗本の身分から御家人へ落とすと吉宗が宣した。

「あっ、あああ」

「奥右筆《おくゆうひつ》をこれへ。その後は屋敷に戻って休め。ご苦労であった」

呆然とする狭山を放置して、吉宗が聡四郎に言った。

「はい」

聡四郎は拝領の太刀を捧げながら、御休息の間を後にした。

入れ替わるように加納近江守が戻って来た。

「上様……これは」

慌てていた加納近江守だったが、御休息の間の状況を見て首をかしげた。

「躬に逆らったのでな。咎をくれてやったのだ」

「なるほど」

応えた吉宗に、加納近江守が納得した。

大名、旗本は将軍の家臣であり、その生殺与奪《せいさつよだつ》を握られている。どれだけ理不尽な命でも従わなければ、禄を取りあげられてもしかたがなかった。

「これ、さっさと出ていきやれ。これ以上上様のご機嫌を損ねてはなるまいぞ」

「……………」

加納近江守に促された狭山が、泣きそうな目で吉宗を見た。

「屋敷にて控えておれ。後ほど上様にお願いをいたしてくれる」

近づいて加納近江守が、狭山を説得した。

「…………」

無言で平伏した狭山が、御休息の間を出ていった。

「まったく、よくこれで幕府が保っていたものよ。監察さえまともに機能しておらぬ。正邪がしっかりとなされてきたとは思えぬ。大奥の次は目付に手を入れねばならぬな」

吉宗が大きく嘆息した。

「どうであった」

「ご慧眼《けいがん》でございました。今、村垣より報告をさせまする」

「源左、参れ」

加納近江守の話を受けて、吉宗が村垣源左衛門を呼んだ。

「これに」

すでに村垣源左衛門が、下段の間隅に控えていた。

「申せ」

「はっ……」

吉宗に命じられた村垣源左衛門が逐一を語った。

「御広敷伊賀者のもと頭が刺客として来て、その誘いに西の丸警固の伊賀者が乗ったというわけだな」

「申しわけもございませぬ」

藤川義右衛門を逃したことを村垣源左衛門が謝罪した。

「よい。一人でよくしてのけた。長福丸を護ってくれたことをうれしく思う」

吉宗が村垣源左衛門をねぎらった。

「近江、御庭之者の増員を急がねばならぬな」

「はい」

加納近江守も同意した。

「源左、紀州から連れて来られぬか」

「今の紀州公がお許しになられましょうや」

本家の求めとはいえ、家臣を引き抜かれて気持ちのいいものではない。村垣源左衛門が危惧した。

「躬から断りを入れるゆえ、誰ぞを国元へ走らせよ。人数に制限はかけぬ」

「わかりましてございまする」

村垣源左衛門が承諾した。

「さて、御広敷伊賀者をどうするかだが……潰してやりたいわ。女狐ごときに踊らされて、竹の命を危なくするなど……」

聡四郎がいなくなったことで、吉宗が本音を口にした。

「まだ潰すわけには参りませぬ」

短慮はよろしくないと加納近江守が吉宗に述べた。

「わかっておる。そうよな。近江、そなた御広敷まで出向き、御広敷伊賀者頭に伝えよ」

「どのように」

吉宗の発言に、加納近江守が尋ねた。

「藤川義右衛門を討てと。討てぬ場合は、御広敷伊賀者だけでなく、すべての伊賀組を廃するとな」

「……すべての伊賀組を……」

加納近江守が息を呑んだ。

「伊賀は、一度幕府へ叛乱《はんらん》を起こしておる」

「慶長《けいちょう》伊賀組の乱でございますな」

すぐに加納近江守が応じた。

本能寺《ほんのうじ》の変に伴う徳川家康の危難を救った伊賀者は、伊賀出身の武将服部半蔵正成《はっとりはんぞうまさなり》に預けられて同心となった。

甲賀が与力《よりき》であったことへの不満などもあったが、初代服部半蔵がうまく伊賀者をいなし、もめ事を起こさせなかった。しかし、初代が死に、二代目服部半蔵となった正就《まさなり》が愚かに過ぎた。預かっているだけの伊賀者同心を家臣同様に扱い、雑用などにこき使った。だけでなく、伊賀者同心の妻が美しいと知ると無理矢理奪い取るなどした。

これに怒った伊賀者同心が、二代目服部半蔵の罷免と同心から与力への格上げを求めて、幕府へ叛乱した。

慶長十（一六〇五）年、四谷《よつや》の長善寺《ちょうぜんじ》に籠もった伊賀者同心は、幕府軍数千の包囲にも抵抗した。しかし、いかに伊賀者とはいえ、弾薬、武器、兵糧《ひょうろう》の補給がなければ、そう長く保たず、乱は鎮圧された。

「あれを幕府は、いや、家康さまは見逃された。首謀者を数名咎めただけで、恭順《きょうじゅん》した伊賀者どもをそのままお使い続けられた。なぜだかわかるか、源左」

「いいえ」

村垣源左衛門が首を横に振った。

「簡単なことだ。慶長十年といえば、関ヶ原《せきがはら》からまだ五年。大坂《おおさか》には豊臣《とよとみ》が健在であり、諸大名も完全に徳川に屈したわけではない。そんなときに百近い伊賀者を野に放つわけにはいくまいが。忍の力は戦に必須じゃ。放逐した伊賀者が、豊臣に雇われでもしたら、目も当てられぬであろう」

「はい」

説明を受けた村垣源左衛門が首肯した。

「それが伊賀を増長させた。幕府はなにがあっても伊賀者を切り捨てられぬとな」

吉宗が苦い顔をした。

「だが、その考えがまちがっていることを教えねばならぬ。伊賀者だけではない。目付もそうだ。大奥も勘定方も、己だけは決して見捨てられないと思っておる。それを躾は覆さねばならぬ。すでに幕府は戦時ではない。伊賀者は不要じゃ。いまや幕府の財政は傾いておる。それさえわからぬ勘定方など百害あって一利なしだ。もう幕府に余裕はない。金があればこそ、雅《みやび》なまねもできる。女に贅沢もさせてやれる。それに気づかずわがままを言い続ける大奥など無駄でしかない」

厳しい声音で吉宗が続けた。

「ここで悪縁を絶ちきっておかねば、幕府は、いや徳川はあと何代も保つまい」

「幕府が倒れると」

加納近江守が問うた。

「幕府は形骸となって続こう。そのほうが都合がよいだろうからの、大名も旗本も。悪いことはすべて幕府のせいにすればすむからな。その代わり、徳川家が飾りにされる。徳川家康公の血を引いてさえいれば、誰でも将軍になる資格を持っている」

「そのようなことはございませぬ。将軍となれるのは、ご本家と御三家さまだけ」

強く加納近江守が否定した。

「ふん。気遣うな。もともと躬は、将軍どころか紀州家さえ継げぬ身分でしかなかった。綱吉公のお声掛かりがなかったら、今ごろそなたに代わって加納家の当主をしていただろうよ」

生母の身分が低かったことと、戯《たわむ》れに手を付けた女がたまたま子を産んだだけだったため、吉宗は紀州二代藩主光貞の認知を受けられなかった。

公子でなければ、御殿で生活はできない。吉宗は城下の加納家に預けられ、そこで育った。

紀州家にかぎらず、どこの大名、旗本でもこういったことはままあった。そして公子と認められていない子供は、そのまま養われている家の当主となるのが普通であった。もちろん、家臣とはいえ、血筋を簒奪されるのはいい気分ではない。多くは、養家娘を妻として婿養子に入る形をとる。さらに認知されていないとはいえ、主家の血筋には違いないのだ。相応の加増や昇進もある。藩主の子供を引き受ける家にも、打算はあった。

「…………」

加納近江守がなんともいえない顔をした。

「幸い、柳沢美濃守が躬のことを知っており、綱吉公に紀州家には男子が四人いると伝えてくれた」

光貞には吉宗を入れて四人の男子がいた。そのうち次男の次郎吉《じろきち》は夭折《ようせつ》、紀州家三代は長兄の綱教《つなのり》が継いだ。その綱教の正室が綱吉の娘鶴姫《つるひめ》であった。娘の嫁ぎ先にあたる紀州家を綱吉は格別な扱いをし、その恩恵が吉宗にも及んだ。紀州光貞の子として将軍が認めた。こうなると吉宗を家臣の養子にはできない。吉宗は将軍家族葉として越前丹生《にゅう》三万石を与えられ、紀州家の分家となった。

そのあと長兄綱教、三兄頼職《よりもと》と続いて死んだため、紀州家五代藩主の座が吉宗に回って来た。

「数奇な運命といえよう。いや、天の配剤というべきかの。躬は将軍に選ばれた。他にも候補がいたなかで、おそらくもっとも出自の悪い躬がな。ふさわしい尾張の吉通《よしみち》どのではなく、躬になったのは、それだけの理由がある。それは、幕政を変えるためだと思う。お蚕《かいこ》ぐるみで育てられた者にはできぬことをさせるために、家康さまの霊が、東照宮《とうしょうぐう》さまが躬を将軍になされたに違いない」

幕政改革は己の仕事だと吉宗が宣した。

「なんとしてでも幕府百年の骨組みを作らねば、尾張の吉通どのに申しわけが立たぬ」

吉宗が瞑目《めいもく》した。

「本来ならば、吉通どのが七代将軍になっているはずであった」

御三家尾張四代吉通は名君として知られていた。文武両道を地で行く人物で、多少の色づけはあっただろうが、尾張柳生新陰流《やぎゅうしんかげりゅう》九世にもなった。

「病に伏した六代将軍家宣公は、一子家継公が天下の将軍たるには幼すぎると吉通どのを西の丸に迎える旨を命じられた。それをあの愚か者、新井白石《あらいはくせき》が邪魔をした。新井白石は、己が進めていた政策を完遂したがった。誰が見ても穴だらけの儒学に固まった施策なぞ、庶民が受け入れるはずもない。英邁《えいまい》な吉通どのがそんなものを許されるはずはない。それがわかっていたゆえ、新井白石はなんとしてでも吉通どのの将軍就任を邪魔した。補佐がしっかりしていれば、幼君でも問題ないとな」

「家宣さまは、それに……」

「親は誰でも吾が手にある財を子に受け継がせたいものだ。また、そうでなければ人の世は続かぬ。財も名誉も技も次代に受け継がれるからこそ、よりよいものに昇華していく。こうして人の世は進んできた。その証《あかし》がそこらにあるだろう」

吉宗が辺りを見回した。

「まず家だ。昔は自然にできた穴蔵に住んでいた人が、屋根と壁を作り家を建てた。もし、この技術が受け継がれなければ、我らはまだ穴蔵生活だ。そして受け継いだ技を発展させたからこそ、城ができた。そうであろう」

「はい」

加納近江守が首肯した。

「受け継がせたい、継承させたい。これは人の、親としての本能だ。その本能に家宣公も負けた。いや、負けたのではないな。勝てなかっただけだ。結果、七代将軍は家継さまになった」

「しかし、新井白石どのはなにもできなかったのではございませぬか」

家宣が生きていたときは、それなりの政策を立案していた新井白石だったが、家継になって以降はほとんど日陰の身分に落ちた。

「家宣公の意図はわからぬ。なぜか新井白石は幕府の役職には就いていない。身分は寄合《よりあい》旗本であった」

寄合は小普請と同じで、身分高い無役の旗本を指す。

「新井白石に政を任せるつもりならば、老中は無理だろうが側用人《そばようにん》くらいにはしておかねばなるまい。まあ、家宣公の治政は三年ほどでしかないからの。四十人扶持の侍講《じこう》儒学者を五千石格の側用人にするにはときがなさ過ぎたのかも……」

側用人はもと五千石であったが、綱吉の代に牧野備後守成貞《まきのびんごのかみなりさだ》をこの役に就けるとき譜代大名としたため一万石格になった。とはいえ、もとが旗本役である。将軍の気持ち次第でどうにでもなるものでしかない。

「ひょっとすると、家宣公も新井白石の考えが、世に合わぬと気づいておられていたのかも知れぬ」

吉宗がなんともいえない顔をした。

「わかっていても、親子の情には勝てぬのか。それとも尾張の、いや附家老の恐ろしさを知っていたから、吉通どのを選ばなかったのか……もう、誰にもわからぬ謎だ」

小さく吉宗が嘆息した。

「なんにせよ、吉通どのが将軍とならなかったために、幕府の改革は遅れた。家継公に責任はないが……」

形だけとはいえ、家継は吉宗の養父になる。子が親の批判をするのは、儒学を根本とする幕府において褒められた行為ではなかった。

「手遅れになりかけている。幕府を救うには果断な処置が必須である」

「上様……」

加納近江守が吉宗を見上げた。

「まずは天英院を大奥から出す」

「ではございましょうが、名目はどのように」

いかに将軍とはいえ、先々代の御台所を放逐《ほうちく》するには、それなりの理由が要った。なにせ天英院は吉宗の養父たる家継の父家宣の正室で、吉宗からすれば、形式上とはいえ、祖母になるのだ。

孝《こう》を推進する幕府が、理由なく祖母を放り出すようなまねをさせるわけもない。これぱかりは将軍といえども無理押しできなかった。

「名分か……」

　ふっと吉宗が笑った。

「天英院の手先として竹を襲ったあの五菜の男、まだ生かしておったであろう」

　思い出したように吉宗が問うた。

「はい。御広敷ではよろしくないかと考え、新番組《しんばんぐみ》の詰め所脇に座敷牢を作らせ、そこで留置いたしております る」

　訊かれた加納近江守が答えた。

　新番組は、書院番、小姓番よりも新しく創設されたことから、そう呼ばれている。将軍最初の盾の書院番、最後の盾たる小姓番の間に位置し、表御殿から中奥の御休息の間へ入る境を警固していた。

　表と中奥の中間、ここほど大奥の影響が出ないところはなかった。

「使いどきじゃ。案内せい」

　吉宗が腰をあげた。

　御休息の間と新番組詰め所は近い。警固の小姓番を引き連れて、吉宗は新番組詰め所へと足を踏み入れた。

「上様のお成りである」

まず加納近江守が先触れをした。

「ははっ」

詰め所にいた新番士たちが平伏した。

新番組は寛永二十（一六四三）年に創設され、二千石高の番頭、六百石高の組頭、二百五十俵の番士二十人からなった。これを一組とし、当初四組であったものが、六組から七組へと増員されている。

幕府五番方の一つではあるが、不思議なことに番頭は席次四位、組頭、番士は席次三位を与えられていた。

「楽にしてよい」

立ったままで吉宗が、一同に声をかけた。

「番頭は……皆川佐渡守《みながわさどのかみ》か」

「はっ。お成りをいただき、恐縮至極でございまする」

皆川佐渡守が平伏したまま応じた。

「座敷牢は奥か」

「あの者に御用でございまするか」

「そうだ」

「では、ここに連れて参りましょう」

うなずいた吉宗に、皆川佐渡守が言った。

「いや、座敷牢に閉じこめたままでよい。格子越しに話をする」

吉宗が新番組詰め所を横切った。

「……臭《にお》うな」

襖を開けた吉宗が顔をしかめた。

「入浴と髷《まげ》、髭剃《ひげそ》りを認めておりませぬゆえ」

申しわけなさそうに皆川佐渡守が告げた。

当たり前であった。罪人に自害の道具となる鋏《はさみ》や剃刀《かみそり》を持たせるわけにはいかないし、風呂へ入れるために座敷牢から出すなど論外であった。

「生きているな」

吉宗が座敷牢のなかで横になっている太郎《たろう》に声をかけた。

「……上様」

目を開けた太郎が、慌てて平伏した。

「舌を嚙む気もないか。まあ、そなたが生きているだけで館林への圧力にはなる」

薄汚れた太郎に吉宗があきれた。

「それは……」

太郎が目を伏せた。

「妻と子の仇討《あだう》ちをさせてやる」

いきなり吉宗が用件を口にした。

「なんとっ……」

太郎が驚きの余り、顔をあげた。

「そなたが天英院と対峙《たいじ》できるというならばな」

「……………」

吉宗の条件に、太郎が黙った。

「考える間はやらぬ。二度も訊きに来るほど躬は暇ではない。このまま死ぬまで牢で過ごすか、外に出て生きるか。今すぐに返答をいたせ」

「……お願いいたしまする」

太郎がふたたび平伏した。

「よかろう。順逆の仇討ちは武家の礼に反するが、そのようなものはどうでもよかろう。妻と子を殺された男の恨みを見せてやれ」

吉宗がうなずいた。

「近江」

「はっ」

後ろに控えていた加納近江守が吉宗へと顔を向けた。

「こやつを見られる風にいたせ。いくら躬でもこのまま、こやつを大奥へ連れて行くわけにはいかぬ」

「大奥へお連れになられるおつもりでございますか」

さすがの加納近江守も驚愕した。

「呼んだとて、天英院はこちらに出て来まい。ならば、こちらから行くしかなかろう」

吉宗が揺るぎない決意を見せた。

第五章　策謀の始まり

一

江戸城の表御殿に風呂はない。

いや、大奥を別として本丸にあるのは中奥の御休息の間近くにある将軍用しか風呂はなかった。

「いくらなんでも……」

そこを太郎に使わせると言った吉宗に加納近江守が反対をした。

「わたくしが、屋敷へ連れ帰り、そこで身だしなみを整えさせて参りまする」

「いや、それでは話が漏れやすくなる」

多少髭を剃り、月代《さかやき》を当たったところで、風呂に入っていない太郎の臭いは消えない。そんな男が城中を移動すれば、噂になるのは避けられなかった。

「お城坊主の何人が天英院に飼われているか、わかっておるだろう」

吉宗が苦い顔をした。

お城坊主とは、城中の雑用一切を担う者である。僧体を取ることで、俗世から離れたとされ、表御殿のどこにでも出入りできた。さすがに大奥と将軍の居室である御休息の間には足を踏み入れられないが、お城坊主に見つからず表御殿を移動するのは困難を極める。

さらにお城坊主は、そのどこにでも出入りできるという権能を利用して、いろいろな噂を拾い集め、それを売って金を稼いでいる。表御殿を臭い男がうろついていたなどというおもしろい噂を手にして、売りつけないはずはない。

「大奥に太郎のことを知られるのは避けねばならぬ」

天英院に準備されてしまえば、太郎を使って焦らせ、動揺を誘うという手立てが使えなくなってしまう。

「しかし……」

それでも罪人に将軍浴室を使わせるのは、穢れという点から認められないと加納近江守が否定した。

「風呂は汚れを落とすところじゃ。湯船なんぞ、洗えばすむ」

吉宗が無理を通した。

「ちょっとした旗本には見えるようにせい」

将軍の身の廻りのことをする小納戸には、月代御髪《おぐし》という髪結い役がいる。傷一つ付けただけで、首が飛ぶ将軍の髭剃りや髷の整えを任とするだけに、町屋の髪結い床よりも腕は立つ。

「水城を呼び出せ」

休めと言って下城させた聡四郎を吉宗が召喚した。

「水城が来次第、攻めるぞ」

吉宗が宣した。


竹姫の参拝を差配し終えて、吉宗から屋敷へ戻って休めと言われた聡四郎は、紅を相手に寛《くつろ》いでいた。

「そうなの。竹姫さまをまた襲った馬鹿がいたのね」

聞いた紅が怒りを露わにした。

「見せたかったぞ、竹姫さまのお姿を。命を狙われるなかで、幸せを摑みたいと願ってはならぬのかと仰せられたのには、さすがに上様の想いを受けられるお方と感心した。あの一言で、奇襲を受けた圧迫が消えた」

聡四郎はもう一度感嘆した。

「防げとか、戦えとかの激励ではなく、己が望みをいたいけな姫さまが口にされた。応じないようならば、男ではない。あれで襲い来た伊賀の郷忍は気を削がれ、山崎以下の御広敷伊賀者の士気は揚がった」

「あんたもでしょう」

一緒になってから、武家風に旦那さまと言っていた紅が、昔のように聡四郎を呼んだ。

「……女に弱いんだから」

紅が嘆息した。

「この子が娘だったら、どうなることやら。ねえ」

かなり大きくなったお腹をさすりながら、紅が優しい顔をした。

「そなたも言えぬぞ。とろけるような表情をしている。まあ、男にせよ、女にせよ、どちらでも健《すこ》やかであればよい」

聡四郎も笑った。

「殿」

夫婦の会話に外から緊迫した大宮玄馬の声が割りこんだ。

「玄馬、どうした。開けてよい」

表情を厳しいものにして、聡四郎が問うた。

「ごめんを」

襖を開けて、大宮玄馬が聡四郎を見上げた。

「ただちに登城せよとのご諚でございまする」

「上様のお呼びだしか。まさか、お世継ぎさまに……」

目通りをしていた一刻ほど前まで、吉宗の様子に異変はなかった。聡四郎は最悪を考えた。

「さきほどの太刀を帯びて参れとのお言葉も付いておりまする」

「拝領の太刀を……」

聡四郎は首をかしげた。

将軍家拝領となれば、大名、旗本にとって家宝である。紛失はもちろん、汚損などをしては大事になる。垢付《あか》の小袖、羽織などの衣類から、ご愛用の筆、揮毫《きごう》などを含めて、蔵の奥に厳重に保管され、年に数度の虫干しでもなければ、家族でさえ見ることはできなくなるのが普通であった。太刀も武士の道具には違いないが、それを腰に帯びるなど論外で、見つかれば咎めを受けても文句は言えなかった。

「あのお方のことだから、なにか意味があるのでしょう」

紅が吉宗の思惑を考えても、わかるはずはない。黙って従うしかないと告げた。

「そうだな。着替えをいたす」

「急がないと怒られるわよ。玄馬さん、手伝って」

夫婦になってから、聡四郎の世話は紅の仕事となっていた。まともな武家では、女が当主の身支度を手伝うことはないが、町屋出身の紅は「夫の世話は妻の仕事」として、決して他人にはさせなかった。それを大宮玄馬に手伝わせる。紅は吉宗の気短さをよく知っていた。

「うむ」

聡四郎もすでに日が落ちてからの呼び出しがなんであれ、急ぎであることは理解している。

「お刀はいかがいたしましょう」

拝領品を腰に差すのは、さすがにどうかと大宮玄馬が伺いを立てた。

「刀袋を用意いたせ。拝領物ゆえ、素手で摑んでは非礼になる」

聡四郎が指示を出した。吉宗が普段使いにしていたものとはいえ、将軍の愛刀である。拵《こしら》えも立派であった。梨子地《なしじ》塗りの鞘には葵《あおい》のご紋が散らされているうえ、鍔《つば》には吉宗の仇名《あだな》ともされている龍が象眼《ぞうがん》されていた。そんな目立つものを夜持っていれば、どこかで盗んできたのだろうと言われかねなかった。

「はっ」

聡四郎の支度があと少しになったところで、大宮玄馬が刀簞笥へ刀袋を取りに走った。

「うん。これでいいわ」

最後に袴《はかま》の腰板を叩いて、紅が支度の終わりを告げた。

「きっと、竹姫さまのことよ」

紅が聡四郎の前へ回った。

「どうしてそうだと」

「お世継ぎさまになにかあっても、聡四郎さんは呼ばれないわ。役に立たないから」

「相変わらず、きついな」

娘時代の紅を思い出した聡四郎は苦笑した。

「たしかに吾は医者ではないな」

言われた聡四郎は少し肩の力が抜けた。

「しかし、竹姫さまのこととなると」

ふたたび聡四郎は表情を引き締めた。

「たぶんだけど……上様の堪忍袋の緒が切れたのだと思う」

紅が続けた。

「こう何度も想い人を襲われては、辛抱できるものではないでしょう。聡四郎さんもそうだったし。私のために怒ってくれたでしょう」

言いながら紅が頬を染めた。

「……それはだな」

聡四郎も照れた。

「上様は落とされたと言われたのでしょう。竹姫さまが上様の一番になった。上様が気にしなければならない慣例や慣習よりも竹姫さまが大事」

「後顧《こうこ》の憂《うれ》いを断つか」

紅の言葉に聡四郎は納得した。

「聡四郎さん」

まだ娘時代の口調を紅は続けた。

「竹姫さまをお願い」

「任せよ。きっと上様のお隣にお立ちいただく」

用意できた聡四郎が強く請け負った。


逃げ出した藤川義右衛門は鞘蔵を連れて、塒《ねぐら》にしている旅籠へと帰り着いた。

「一人欠けたか」

旅籠に入った藤川義右衛門は、郷忍の一人がやられたことを悟った。

「用人に斬られた」

生き残った郷忍が無念そうに目を伏せた。

「無理はするなと申しつけておいたものを」

藤川義右衛門が舌打ちをした。

「郷の仇ぞ。それを目の前に我慢がならなかったのだろう。吾も同じだ。もし、多《た》久《く》が向かっていなかったら、吾が跳びかかっていた。多久が死んだおかげで頭に上った血が落ちた」

郷忍が、死んだ仲間を悪く言わないでくれと暗に批判した。

「それがどうした。個別の恩讐は捨てよと申したはずだ。いつも平静でなければ、刺客業などやってはいけぬ」

「うっ……」

先日の話で郷は捨てると納得したのだ。それが聡四郎を見ただけで、決めたことをあっさり破ってしまう。これではまともに仕事などできるはずもない。

藤川義右衛門の叱責に郷忍たちは反論できなかった。

「それよりも、そやつは」

郷忍が話題を変えようとした。

「御広敷伊賀者の一人だった鞘蔵だ。吾の誘いに応じた者よ」

「…………」

紹介されても鞘蔵はうつむいたままであった。

「いい加減にあきらめろ。そなたにもう帰る場所はない。いや、ここがそなたの居場所になった。これからは吾に従え。その代わり、安楽な生活をさせてやる」

藤川義右衛門があきれた。

「そうは言うが……吾は御広敷伊賀者を辞める気などなかったのだぞ。それを無理矢理に……」

鞘蔵が恨み言を口にした。

「すんだことを言うな。気に入らぬならば、帰れ」

「戻れるわけなかろうが。付いてきてしまったのだぞ」

戦った達之介と違い、鞘蔵は藤川義右衛門に刃さえ向けていない。そのうえ、脱出の供をしたのだ。今さら四谷の伊賀者同心組屋敷へ帰れるはずはなかった。

「細作《さいさく》と疑われるだけだな」

「伊賀組屋敷に入りこんだ細作がどのような目に遭うかは、よく知っているだろうが」

笑いながら言った藤川義右衛門に鞘蔵が噛みついた。

細作とは内情を探ったり、他の者を勧誘あるいは扇動して内部から崩壊させる者のことだ。見つかれば背後関係をしゃべるまで酷《ひど》い拷問を受け、搾り取るものがなくなったらあっさりと殺される運命にあった。

「なら、決別せい」

藤川義右衛門が命じた。

「……わかった」

ここを出ていっても生きていく道はない。それこそ野盗になるしかない。なにより、埘を見せた以上、藤川義右衛門が鞘蔵を離脱させるはずはなかった。

「新しい仲間が増えた。諍《いさか》うなよ」

家康に引き立てられた江戸伊賀者と伊賀に残った郷忍の間には幕初からのわだかまりがある。それを表に出すなと藤川義右衛門が釘を刺した。

「承知。ところで藤川どの、お世継ぎさまは仕留められたのか」

「いいや」

悪びれることなく藤川義右衛門が首を横に振った。

「なっ」

問うた郷忍が絶句した。

「竹姫襲撃はそちらに御庭之者と御広敷伊賀者の目を集めるためだと……だから、途中で退いたというに。これでは、両方の依頼を失敗したことになるではないか」

郷忍が慌てた。

「気にするな。端《はな》からどうでもよかったのだ。今回の仕事はな」

藤川義右衛門が告げた。

「それはどういうことでござる」

郷忍が問うた。

「割に合わん。将軍の世子と想い人ぞ。その二人を仕留めて十両なんぞ、話になるまいが」

「えっ」

答えに郷忍が啞然とした。

「庶民を殺して十両から二十両。名の知れた商人や職人なら三十両というのが、京の相場。江戸は、京よりも高めでいこうと考えておる」

「…………」

郷忍が黙った。

「失敗して当然だったが、一つ目的はあった。それは果たせた。それが鞘蔵だ」

藤川義右衛門が鞘蔵を見た。

「江戸の伊賀者を引き抜くため……」

「それもある。なにせ、人手不足だからな」

述べた郷忍に藤川義右衛門がうなずいた。

「他になにがあると……」

「御広敷伊賀者を潰すためよ」

「そんなことが」

鞘蔵が驚いた。

「組頭であった吾を放逐した御広敷伊賀者への復讐だな。一人一人殺してもよいのだが、それでは手間がかかる。ならば組ごと潰せば一度で話はすむ。御庭之者の前で御広敷伊賀者を勧誘してみせた。その結果、鞘蔵が付いてきた。御庭之者は御広敷伊賀者を信用できぬと吉宗に報告したであろう」

「なっ……」

鞘蔵が目を剝いた。

「吾を不要とした御広敷伊賀者、いや、江戸伊賀組など潰れてしかるべしだ。そうは思わぬか」

藤川義右衛門が口の端を吊り上げた。

「そ、そんなことのために、吾は……」

個人の復讐に利用されたのかと鞘蔵が憤った。

「吉宗への忠誠があれば、吾の言葉くらいで揺らぐはずなかろう。吾に付いてきたというのは、そういうことよ。おまえの心にも不満が積もっていたのだ」

「…………」

無言になることで鞘蔵が藤川義右衛門の推察を真実だと認めた。

「待て、我らに恩讐を、掟を捨てよと言いながら、己は復讐をしたなど」

敬意を忘れて郷忍が糾弾した。

「それがどうした。吾がおまえたちの頭だ。金を払うのもな。思うがままにしてなにが悪い」

藤川義右衛門が言い放った。

「むうう」

金のことを言われると辛い。郷忍が詰まった。

「だが、失敗はまずいだろう。館林の家老から責められるぞ」

郷忍が言い返した。

「報告に行かぬ。どころか二度と顔を合わさぬ。さすれば、責められることもない」

あっさりと藤川義右衛門が否定した。

「それでよいのか。刺客業はそんなに甘いものではないだろう」

郷忍が追及した。

「刺客業はな。だが、今回のは違う。さきほども言ったな。安すぎると。本来ならば受けておらぬ仕事じゃ。そして、吾は館林の家老に絶対の保証はしておらぬ」

「詭弁《きべん》だろう、それは」

論理にもなっていない。郷忍が嘆息した。

「今回に限って、これでいいのだ」

「……今回限りとは」

限定した藤川義右衛門に、郷忍が首をかしげた。

「館林の家老も天英院から言われてやっているだけで、自ら望んだものではないというのが一つ。もう一つは、吾との縁切りをしたかったということ」

藤川義右衛門が指を二本立てた。

「天英院からは一切金は出ない。その上、いつも面倒ごとは押しつけられる。そして成功したとしても、声高《こわだか》に手柄として誇れぬ」

将軍世子と竹姫を無事に仕留めたなどと口にすれば、己は斬首、藩は改易、藩主松平右近将監は切腹確定なのだ。口外はできない。表に出せないというのは、褒美を要求できないと同じであった。

「なるほど。では、もう一つ、縁切りとは」

第一の理由を納得した郷忍が重ねて訊いた。

「ことを為し遂げたら、吾に館林は弱みを握られるだろう。実際に手を下したのは吾でも、命じたのは館林の家老だ。ことが明らかになったとき吾は逃げればすむが、館林藩は動けまい。逃げれば藩が潰れる。逃げなくても潰れる。要は、こういった依頼を出した段階で、大きなほうが負けなのよ」

「ふむ」

「たしかに」

藤川義右衛門の説明に、一同が同意した。

「だが、依頼を失敗したらどうだ。失敗したかぎりは脅しも利かぬ。吾が声高に館林を非難することはできぬ。するならば、幕府へ自訴せねば意味がない。陰から吠えても、誰も相手にしてくれぬからな。自訴すれば、吾は斬首だ。そんな馬鹿なまねをする気はない」

そこで藤川義右衛門が一同を見た。

「自訴はしない。そこにもう一つ足してやれば、館林は安心する。それが金を受け取ったことだ。金をもらっての依頼をしくじった。これは吾の引け目になる。引け目があれば、あの家老の前にも出にくいだろう」

「二重の気配り……」

郷忍が感心した。

「気配りと言われては、向こうが嫌がるだろうがな」

藤川義右衛門が笑った。

「いつ脅しに来るかもわからんと怯えさせれば、我らを売りかねまい。下手すれば、刺客を送りつけて殺そうとしかねぬ。もちろん、幕府の飼い犬ごときに捕まることはないし、そのへんの刺客ごとき、返り討ちにしてくれるが、面倒は避けたい」

「ふむうう」

鞘蔵を含む三人が感心した。

「幕府の犬や弱い刺客を相手にしても金にならぬだろう。そのぶん仕事をしたいではないか」

まるめこんだと藤川義右衛門がにやりと笑った。

二

江戸城内郭の諸門は暮れ六つ（午後六時ごろ）に閉まる。とはいえ、大門が閉じられるだけで、役人の出入りは許される。

「御広敷用人水城聡四郎。上様のお召しに応じ、登城いたす」

この一言で、潜り門が開かれる。

「お通りあれ」

将軍の呼び出しを邪魔することは許されない。諸門警衛の書院番士たちも触らぬ神に祟《たた》りなしで、誰何も用件の確認もしなかった。

「これでよいのか。刺客が通り放題ではないか」

聡四郎は嘆息しながら、城中へ足を踏み入れた。

「これは水城さまではございませぬか」

御広敷ではなく、御休息の間を目指した聡四郎は納戸御門で、待機している宿直《とのい》番のお城坊主に声をかけられた。

「お坊主どの」

聡四郎は心中で嫌な相手だと思ったが、顔に出しはしなかった。これは大奥女中という世のなかで指折りのややこしい相手と交渉している間に身についた技であった。

「このような刻限に、しかも御広敷御門ではなく、納戸御門からとはお珍しい」

お城坊主の目が興味深げに光った。

「それは……」

聡四郎の右手にある刀袋にお城坊主が気づいた。

「上様よりご拝領の太刀である」

うかつに触れるなと聡四郎が重々しい声で告げた。

「太刀をご拝領……」

お城坊主が畏まりながら、驚いた。

「上様が将軍になられてから、お太刀拝領は初めてでは」

大名の参勤交代や代替わりで将軍が太刀を下賜することはあるが、なにかしらの褒美として太刀を使うのはそうそうあるものではなかった。

「それはわからぬが、ご拝領仕った。これを上様がもう一度見たいとの仰せでな」

呼び出しの理由は竹姫のことだろうと紅の助言もあり、当たりを付けている聡四郎だが、確実ではない。適当な理由を聡四郎は口にした。下賜したものを取り戻したり、定期的に愛でたがる将軍はいる。聡四郎の口実は荒唐無稽なものではなかった。

「さようでございましたか。では、ご案内を」

「頼もう」

先に立ったお城坊主の同行を聡四郎は断らなかった。

「お目付さまの巡回も始まっておりますれば」

お城坊主が話した。

夜間の江戸城は、目付の指揮下に入る。老中や若年寄などの執政が下城した夜、火事をはじめとする異常に対応するには、強力な権を持つ目付が適任であった。

吉宗の求めで登城した聡四郎とはいえ、目付に誰何《すいか》を受けるかも知れなかった。もちろん、問題はないが、それでも御休息の間への問い合わせがすむまでは、足止めを喰らう。

お城坊主の先導を受けていれば、目付の不審をかわせるかも知れないし、万一止められても、お城坊主を走らせて加納近江守を呼び出せる。あとで礼金を渡さなければならないが、それくらいは些細《ささい》なことであった。

「そういえば、本日御広敷で騒動がございましたそうで」

「…………」

お城坊主同行の狙いは、御広敷で何があったかに探りを入れるためだと知った聡四郎は苦い顔をした。

「ご活躍なされたと伺いました」

「さほどではない」

もう隠してもしかたないと聡四郎は肯定した。

「いつ知られた」

もっとも、相手だけに情報を渡すつもりはない。聡四郎は訊いた。

「七つ（午後四時ごろ）過ぎには、もう表に聞こえておりました」

「早いな」

竹姫が襲われたのは七つ前であった。

「曲者を仕留められたとか。職人に化けていたらしゅうございますな」

「そこまで知っておるか」

聡四郎は驚いた。あの場にいた者でなければ、知ることのできない話であった。

「誰から聞いたかの」

「それはちょっと」

お城坊主が答えを避けた。

「で、竹姫さまはご無事で」

将軍の継室になるかも知れない竹姫の安否を知りたがる者は多い。お城坊主の質問は予想できたものであった。

「毛ほどの傷もない。お女中衆に囲まれて大奥へお帰りになった」

これは断言しておかなければならなかった。傷を受けたとなれば、それを不吉として将軍継室にはふさわしくないと言い出す者が出る。女以外が近づいたという噂が立っても同じである。

「さすがは、水城さま」

わざとらしくお城坊主が感心してみせた。

「ここから先は、わたくしでは……」

御休息の間近くにお城坊主は踏み入れない。お城坊主が足を止めた。

「助かった。お礼は後日」

「お願いをいたしまする」

薄禄のお城坊主は、大名、旗本の雑用をこなすことで得た金を生活の糧にしている。謝礼を怠ると、次から雑用を頼んでも引き受けてくれなかったり、手抜きをされてしまう。

お城坊主から吝嗇《りんしょく》だとの評判を取るのはまずい。城中の噂を支配しているお城坊主に嫌われれば、役人としてやっていけなくなる。

「ではの」

お城坊主と別れて、聡四郎は御休息の間へと足を進めた。

「来たか。遅かったの」

吉宗が加納近江守の後ろに付いて入ってきた聡四郎を見て手を上げた。

「申しわけございませぬ」

将軍の機嫌が悪いとなれば、配下は頭を下げるしかない。聡四郎は詫びた。

「近江」

「はっ」

合図をされた加納近江守が、一度御休息の間を出て、太郎を連れて戻って来た。

「……その者は」

聡四郎は太郎を見て目を大きくした。

「覚えていたか」

「当たり前でございまする。竹姫さまに無体《むたい》を仕掛けた者ではございませぬか」

吉宗の言葉に聡四郎は憤慨した。

「まだ生きているのが不思議といった顔をしておるな。殺してしまえば、それ以上使えまい」

低い声を吉宗が出した。

「…………」

やはり吉宗も怒っていると聡四郎は感じた。

「こいつを使って天英院を咎める」

「はっ」

主君の決めたことに家臣は従うのみである。聡四郎は手をついた。

「太刀は持ってきているようだな」

「これに。お返しいたしましょうか」

聡四郎は拝領の太刀を目よりも上に掲げた。

「一度くれてやったものを、取りあげるものか。躬はそれほど横暴ではない」

吉宗があきれた。

「これより大奥へ入る。おそらく女どもが大騒ぎをするであろう。男が入ってきたとな。なかには抵抗する者も出よう。そのときに使え」

「女を斬れと」

気はすすまないが、命令とあればいたしかたない。聡四郎は問うた。

「阿呆。大奥で女を殺しては、竹の立場がなくなろう。大奥女どもが、またぞろ竹を忌避するようになっては困ろうが」

惚れた女の心配を吉宗がした。

「その葵を見せれば、ほとんどの女があきらめよう、旗本の娘ならばの。京の女はそもそも武には逆らわぬ」

「はい」

「水城、西の丸大奥に続いて、本丸大奥目付を命じる。差配はさせぬ。本丸大奥は竹のものじゃ。それをこえる権は許さぬ」

「謹んでお受けいたしまする」

聡四郎としても女の城の主など勘弁である。制限はかえってありがたかった。

「では、参るぞ」

すでに暮れ六つは過ぎている。将軍が大奥へ入るにしても遅い。それを吉宗は気にもしなかった。

御休息の間から上の御錠口は近い。

「鳴らせ」

「上様……今ごろ」

上の御錠口を警固する小姓番が驚愕した。

「鈴を鳴らせとの仰せぞ」

機嫌の悪い吉宗をこれ以上怒らせるのはまずい。加納近江守が呆然としている小姓番を急かした。

「はっ、はい」

御側御用取次に言われて、小姓番が慌てて紐《ひも》を引いた。

上の御錠口の大奥側で鈴の音が響いた。

「……なんじゃ。このような刻限に」

大奥側の御錠口が少しだけ開けられ、不満そうに大奥女中が問うた。

「上様のお成りである。扉を開けよ」

小姓番が大声を出した。

「上様が……」

大奥の御錠口番が怪訝そうな声を出した。

「躬である。さっさと開けぬか」

気の短い吉宗が、御錠口番を怒鳴りつけた。

「ひっ。ただちに」

大奥は御台所が主人で、将軍は客にしか過ぎないとはいえ、今は主人がいない状態である。さらに大奥といえども幕府の金で動いている。大奥女中たちも幕府から禄をもらっているのだ。いわば、吉宗の家臣である。

杉の一枚板でできた御錠口が開かれた。

「参るぞ」

吉宗が先頭を切り、加納近江守、太郎、聡四郎の順で通称お鈴《すず》廊下を渡った。

「あっ……」

吉宗以外が大奥へ向かうのを小姓番は唖然として見送ったが、大奥側はそうはいかなかった。

「お、男が、大奥へ入るなど……」

御錠口番の大奥女中が失神しそうになっていた。

「ひ、火の番」

悲鳴のような声で御錠口番の大奥女中が叫んだ。

「なにごとでござる……上様……男」

駆けつけた火の番が、吉宗に気づき膝をつこうとして、後ろに続く聡四郎たちを見つけて固まった。

「躬の命で同道させる。どけ」

吉宗が手を振った。

「しかし、大奥は上様以外の男子禁制でございまする」

「うわべの話はもうよい。実際は五菜も入るではないか」

反論した御錠口番に吉宗が言い返した。

「五菜は雑用をさせるためにやむなく許されておりまする。あれは例外でございまする」

「例外を認めておきながら、男子禁制とは笑わせる。邪魔をするな」

御錠口番の抵抗を吉宗が一蹴《いっしゅう》した。

「お待ちを。お年寄さまにお報せをいたし、ご判断を」

己の権に余ると御錠口番が求めた。年寄は名目だけだが、大奥において表の老中のような地位にある。

「天英院のもとに参る。年寄もそこへ来させよ」

「それは……ひいい」

まだ逆らおうとした御錠口番を吉宗が睨みつけた。

「付いて参れ」

吉宗が三人を促した。

大奥の構造をもっともよく知っているのは、吉宗である。もちろん、絵図面くらいは聡四郎も見ている。なにより天英院の館付き五菜をやらされていた太郎にとっては、馴染みの場所になる。しかし、太郎を先頭にするわけにはいかない。顔を見て気づく女中がいては、天英院に報されてしまう。後に続く者が誰かを認識させないためには、吉宗が先に立つしかなかった。吉宗が先頭だと、行き交う女中はその場で平伏し、許しを得ぬ限り顔を上げることはできないからだ。

太郎の顔を見せないようにするには、それしかなかった。

天英院の館は家宣の正室だったころから変わってはいない。上の御錠口からもっとも遠いところにある。寂しい顔つきで大奥の廊下を進む吉宗に、大奥女中たちは慌てて道を譲り、平伏した。

「躬がよいというまで、その場で控えておれ」

吉宗が女中たちを足止めした。

「なぜ、男が……」

大奥女中の何人かが驚愕の声を上げたが、吉宗の命には逆らえない。

「ご用人さま、これは……」

なかには聡四郎の顔を知っている女中もいたが、険しい表情のまま吉宗の後を追う聡四郎に相手にされるはずもなく、呆然と見送るだけとなった。

小半刻《こはんとき》（約三十分）ほどで吉宗は天英院の館にたどり着いた。

館は局と違い、襖ではなく立派な木戸で外との区切りをしている。すでに木戸の閂《かんぬき》はかけられていた。

「開けよ」

吉宗が木戸の前に仁王立ちした。

「お見えじゃ」

「まことであったか」

木戸の向こうで話す声が聞こえた。

「どうやら注進に及んだ者がいたようだ。なかなか忠義なことよ」

吉宗が口の端を吊り上げた。

「開けよ。次は言わぬ」

なかなか開かない木戸に吉宗がいらだった。

「お待ちを、ただいまお方さまの許しを……」

「水城」

開けない言いわけをする女中を無視して、吉宗が聡四郎を呼んだ。

「はっ」

「蹴破れ」

応じて前に出た聡四郎へ、吉宗が木戸を指さした。

「承知。なかのお女中方、木戸から離れられよ」

「な、なにをなさる」

聡四郎の忠告に、女中たちがおたついた。

「参る」

大声で宣告した聡四郎が、木戸を蹴飛ばした。

音を立てて木戸の閂が折れた。

「きゃあああ」

「ひええ」

蝶番《ちょうつがい》ごと吹きとんだ木戸に女中たちが悲鳴をあげた。

「ご苦労」

一言ねぎらった吉宗が、天英院の館に踏み込んだ。

木戸が破れる音は、最奥の化粧の間にいた天英院と姉小路の耳にも届いた。

「姉小路、なんじゃ、今のは」

「おそらくは将軍家が無体をしでかしたものかと」

驚いた天英院に姉小路が答えた。

「家宣さまと違いすぎるわ。乱暴な田舎者よ。姉小路、紀州の猿を追い返せ。妾は会わぬとな」

天英院が大きく手を振った。

「はっ」

姉小路が主の意向を受けて、化粧の間から出た。

「今、しばし、お鎮まりを」

木戸を入ったところは雑用をこなすお末たちの寝間になっている。贅沢に油や蠟《ろう》燭《そく》を使えないお末たちのほとんどは夜具に横たわっていたが、騒動で目覚め、どうしていいかわからずにうろたえていた。その間を吉宗は無言で通過、次の間に入ったところで、中臈らしき奥女中の制止にあっていた。

「上様、夜中、前触れもなしでのご訪問は、いささか礼に欠けているかと思われまする。あらためて御広敷用人を通じ、お約束をお取りいただきたく」

中臈が理を尽くして吉宗を説得しようとした。

「そなた、名は」

「わたくしは、そのような御用をお受けいたしませぬ」

将軍に名を問われる。大奥女中にとって、それは閨へ侍《はべ》れとの意味になる。中臈が己はお清《きよ》の中臈だと断った。

「閨に天英院付きの中臈を呼ぶ……冗談ではないな。いつ、その長い髪で首を絞められるかわかったものではないわ」

吉宗が拒み返した。

将軍の閨に侍る女は、それがたとえ愛妾《あいしょう》であろうとも、身に何一つつけないのが決まりである。夜着の紐でも使いようによっては武器になるからだ。

だが、そこまでしても取りあげられないのが、長く垂らした髪であった。髪は俗世との繋がりを意味しているため、短く肩ぐらいで切りそろえればいいとはいかない。それは切り髪と呼ばれ、夫に死別した女がその菩提を弔うための姿とされている。いわば禿頭でない尼僧扱いになり、この姿の女は将軍といえども閨に呼べなかった。

「そんな……」

将軍殺しをしかねないと言われた中臈が絶句した。

「躬はそなたの名を問うただけだ。それとも名無しの身分か。ならば、目通りできぬであろう。下がりおれ」

どこかへ行けと吉宗が手を振った。

「いかに上様とはいえ、無礼でございましょう。わたくしは旗本平野《ひらの》三郎介《さぶろうすけ》の次女栄咲《さかさき》でございまする」

「栄咲じゃな、覚えた。その肚の太さ、気に入った。いずれ別の役目を与える。控えておれ」

「別の役目でございまするか」

言われた栄咲が啞然とした。

「大奥にまだ居たいのであるならば、だがの」

「それはどういう意味でございましょう」

吉宗の話に、栄咲が首をかしげた。

「この館は潰す」

「…………」

それだけで意味を悟ったのだろう。栄咲が黙って、道を空けた。

「うむ」

満足そうにうなずいて吉宗が足を進めた。

「襖を開けよ」

「はっ、はい」

襖の脇に控えていた取次の大奥女中が、吉宗の迫力に従った。

「上様」

開けられた襖の向こうに姉小路が座っていた。

「姉小路か。そなたは邪魔をするだろうな」

「邪魔ではございませぬ。きっちりと手続きをお踏みくだされば、お方さまもお会いするにやぶさかではないと。ただ、急なお出ましは、いささか困惑をいたしておりり、今日のところはお引き取りをいただきたく」

姉小路が両手をつきながら、吉宗を見上げた。

「引き取るようならば、最初から来ぬわ」

吉宗が一蹴した。

「それは……」

あっさりと拒まれた姉小路が驚いた。

「別段、明日にしてもよいが、その代わり通告だけになるぞ」

「通告だけでございますと」

姉小路が顔色を変えた。

通告は一方的に命じるもので、反論も異論も許さない。従わなければ、実力行使も厭《いと》わない。そして、将軍の通告を拒否できる者は、天下にいなかった。

「そのようなまねをお方さまになさると。お方さまは家宣公の御台所であらせられますぞ」

姉小路が憤慨した。

「将軍の御台所の仕事はなんだ」

吉宗が訊いた。

「上様をお支え申し上げ……」

「天英院が躬を支えているとでも言う気か。邪魔しかせぬくせに」

鼻先で吉宗が笑った。

「いかに上様とて、お口が過ぎましょう」

「……姉小路」

たしなめる姉小路を吉宗が見下ろした。

「なんでございましょう」

「天英院が江戸へ下向《げこう》以来ご苦労であった。明日よりのんびりいたすがよい。躬よりの褒賞じゃ。終生五人扶持を給してやる」

問うた姉小路に、吉宗が告げた。

「…………」

姉小路が呆然とした。

一人扶持は一日玄米五合を与えることで、五人扶持だと一日二升五合になる。これは二十五石の蔵米取りと同額、金にして一年二十二両ほどになった。

「上臈を務める妾が……月に二両たらず」

庶民四人が月一両あれば慎ましいながら生活できる。一人なれば、月二両弱で十分生きていける。しかし、大奥での贅沢に慣れた者にとって、一日二両でも足りない。

「天英院さまのお側を離れるつもりはございませぬ」

姉小路が天英院を盾に、吉宗の提案を断った。

「そうか。では、扶持はくれてやらぬ」

吉宗が引っ込めた。

「他の女中どもに訊く。今すぐ、この館を出た者は向後も大奥へ在するを認める。今から十数える間に決断いたせ。一つ、二つ……」

「急ぎますぞ」

脇へ引いていた栄咲が、様子を窺っていた女中たちを誘った。

「…………」

だが、ほとんどの女中は顔を見合わせるだけで動こうとしなかった。

「七つ、八つ……」

「上様のお怒りを買いましょうぞ」

裾を引きずって廊下へ急ぎながら、栄咲が動かない同僚たちを促した。

「……はい」

「お待ちくだされ」

数人の女中が栄咲の後を追った。

「……十」

声を大きくして吉宗が数え終わった。

「近江」

「はっ」

加納近江守が片膝をついた。

「ここの襖際を押さえろ。今より、誰も外へ出すな。残っている者は、皆、躬の敵である」

「はっ」

頭を垂れた加納近江守が襖際中央に立ちふさがった。

「残っておるか」

名前を言わずに、吉宗が太郎に尋ねた。

「おりまする。あの右手襖際の女中がそうでございまする」

小声で太郎がうなずいた。

「躬が指示するまで目を合わすなよ」

「重々承知いたしておりまする」

釘を刺された太郎が顔を見られぬように伏せた。

「さて、天英院は奥だな」

「上様」

足を進めようとした吉宗の袴の裾を姉小路が押さえた。将軍の行動を阻害する。

これは無礼の最たるものであった。

「わかってやっておるのだな」

氷のような声を吉宗が浴びせた。

「ひっ……」

思わず姉小路が手を引いた。

「水城、次はない」

「……はっ」

姉小路を斬れとの意思だと理解した聡四郎は重々しくうなずいた。

「どけ」

天英院のいる化粧の間への途中をふさいでいる女中たちを吉宗が排除した。

「…………」

吉宗の迫力に、女中たちが脇へ寄った。

「何用か」

化粧の間の襖が少し開き、天英院が顔を出した。

「ようやく会えたの、天英院」

吉宗が応じた。

「このような夜中に、一人ならまだしも男を引き連れて妾の館を侵すなど、将軍家といえども許されぬ所行である。正式に大奥から抗議をさせてもらう」

天英院が吉宗を咎めた。

「どのような名分で躬を咎めるのだ。いや、誰が躬を咎められる」

「大奥の主は御台所たる妾。将軍は客人。主ならば客人を咎められましょう。そうでございますな。五年の間、大奥へ運ばれることのないように……」

「誰が御台所だと。躬は独りぞ」

「…………」

吉宗に遮られた天英院が黙った。

「家宣公は亡くなられた。その日をもって、そなたは御台所ではなくなっておる」

「…………」

正論に天英院は沈黙を続けた。

「今まで、大奥にあれたことは躬の情けであると気づけ」

「情けだと……」

哀れみだと言われた天英院が怒った。

「それを理解し、倹約を受け入れ、おとなしくしておるならば、死ぬまで大奥に居させてくれようと思っていたが……」

吉宗がすさまじい目つきで天英院を見た。

「……くっ」

天英院が吉宗に気圧《けお》されまいと歯を食いしばった。

て支えた。

「お方さま」

主人の危難に姉小路が駆けつけた。天英院の左に座した姉小路が背中に手を当てて支えた。

「忠義者よな」

吉宗が嘲笑した。

「なれど、主のためとはいえ、してはならぬことがある。悪逆非道なまねはたとえ忠義の思いに帰すとも認められぬ」

強く吉宗が姉小路を否定した。

「……妾がなにをしたと申すか」

将軍に対する口利きを姉小路が捨てた。

「おい」

吉宗が後ろを振り向いた。

「はっ」

すでに加納近江守と聡四郎の役目は決まっている。次に呼ばれるのが己だとわかっていた太郎が、小腰を屈めて吉宗の左側へ進み出た。

右側にいる女中からは吉宗が壁になる位置であった。

「……姉小路さま。ご機嫌麗《うるわ》しく」

太郎が姉小路の顔を見つめた。

「誰じゃ、そなた」

今の太郎は立派な旗本姿をしている。誰かわからない姉小路が怪訝な顔をした。

「よく見てやれよ。そなたに忠義を尽くしてくれた男だぞ」

吉宗が太郎の首根っこを摑んで、姉小路に近づけた。

「……男に覚えは……」

嫌そうに顔を遠ざけた姉小路が息を吞んだ。

「思い出したようだな」

「まさか、死んだはずでは」

姉小路が何度も何度も首を左右に振って否定した。

「幽霊かも知れんな。味方に裏切られた恨みで蘇《よみがえ》った」

楽しそうに吉宗が太郎を姉小路へ近づけた。

「ひいっ」

姉小路が両手で顔を覆った。

「なんだ、どうしたのだ」

事情を理解できていない天英院が混乱した。

「おわかりではございませぬか。太郎でございまする。五菜の」

「……なんだと」

天英院が絶句した。

「馬鹿な、こやつは殺されたと聞いた。姉小路」

状況を説明しろと天英院が側近を見たが、姉小路は目を剝いて固まっていた。

「五菜の太郎だと」

右で控えていた女中が立ちあがった。

「琴音《ことね》さまでございましたか。竹姫を襲えと姉小路さまがわたくしに告げられたとき、同席なさっておられましたな」

「なぜ生きている」

太郎に指摘された琴音が怒鳴りつけた。

「琴音、そやつを討ちやれ」

吾を取り戻した姉小路が叫んだ。

「お任せを。ここはきさまごとき卑しき男が、入ってよい場所ではない。成敗してくれる」

琴音が逃げ出した火の番が放り出していった薙刀を拾いあげた。

「上様の御前であるぞ」

聡四郎が割りこんだ。

「どけっ。お方さまに無礼を働いた者をかばうなら、きさまも同罪じゃ。館のなかはたとえ将軍といえども客分でしかない。吾が主は天英院さまのみ」

薙刀を琴音が振り回した。

「……おう」

腰を曲げた聡四郎は大きく前に踏み出した。薙刀は刃を避ければ、あとは棒になる。大奥の女中が遣う武器など、聡四郎の敵ではなかった。

「やっ」

薙刀のけら首を聡四郎は左手で掴んだ。

「離せ」

琴音が薙刀を引こうとした。

「水城、二度言わせるな」

不機嫌な声を吉宗が出した。

「申しわけございませぬ」

詫びながら聡四郎は手にしていた薙刀のけら首をひねった。

「あっ」

けら首のほうが手元よりも少し太い。敵の刃が喰いこんでも耐えられるように、糸を巻き付け漆で固めてもある。それがちょうどいい滑り止めになった。

聡四郎にひねられた薙刀を、琴音は摑みきれず、手放してしまった。

「御前で刃物を振るなど、不遜《ふそん》なり」

聡四郎は奪った薙刀の石突きを琴音の鳩尾《みぞおち》へ打ちこんだ。

「かはっ」

人体の急所である鳩尾を強打された琴音は息ができなくなり、気を失った。

「遅いわ、さっさとせい。さて、天英院、なにか言いわけでもあるか」

手間取りすぎだと聡四郎を叱った吉宗が、天英院を詰問した。

「そ、そのような者、妾は知らぬ」

事実、天英院は太郎と直接話をしたことはなかった。しかし、太郎を使って竹姫を汚すという策は知っていた。

「さきほどの驚きようは、そうと見えぬぞ」

吉宗が笑った。

「姉小路、そなたには訊かずともよさそうだな。さきほどのうろたえようは知っているると白状したも同然じゃ」

「なんのことやら」

姉小路もとぼけた。

「つれないことを仰せられる。姉小路さまとは何度もお話をさせていただきました」

太郎が述べた。

「黙りやれ。いい加減なことを申すならば、捨て置かぬぞ」

姉小路が太郎の口を封じた。

「まあよい。顔見せはすんだ。明日より、厳しき詮議をいたす。太郎、他に見覚えのある女中はおるな」

「はい。あの中臈と、あちらの取次から指示を受けたことがございまする」

太郎が女中たちを指さした。

「水城」

「しっかりと顔を覚えましてございまする」

確認を求められた聡四郎が首肯した。

「天英院、館の主は配下どもの不始末の尻ぬぐいをするものよ。他人の上に立つというのは、そういうものだ。主というのは、最後の責任を取るためにある」

吉宗が天英院を見つめた。

「なぜ妾がそのあたりの者どもの責任を負わねばならぬ。この者たちは妾のためにあるのだ」

天英院が反論した。

「ああ、館林の山城帯刀も捕らえねばならぬな。あやつも愚かだが、家老をするくらいだ。己が切り捨てられぬように、いろいろそなたとの繋がりを示す証を集めておろう。藩と首、その二つを助けてやると言えば、素直に差し出すだろう」

吉宗が唇をゆがめた。

「…………」

姉小路が蒼白になった。つい先日、書状を出したばかりであり、そこには天英院とのかかわりも記されていた。

「お方さま」

「……姉小路」

側近の切羽詰まった表情に、天英院が瞑目した。

「よくも竹に手出しをしてくれたな」

吉宗が天英院に指を突きつけた。

「姉小路らを切り捨ててもよいぞ。ここに残った者全員を罪に応じて裁く。そなたは義理とはいえ祖母だ。そのままにしてやろう」

「ならば……姉小路らが勝手にやったことぞ」

あっさりと天英院が側近を売った。

「お方さま」

「そんな……」

女中たちが悲鳴をあげた。

「このような主を持った不運とあきらめろ。なに、心配せずともよい。もう、二度とそなたたちのような不運な者は出ぬ」

吉宗が天英院を見ながら続けた。

「館は残る。だが、この館に新たな女中は配さぬ。欲しければ、京から呼び寄せるがいい。それまで阻害はせぬ。ただし、その女中の禄は自前じゃ」

「……それくらい」

「当然だが、そなたへの掛かりの金は減額する。人がおらぬのだからな。金は要るまい。御台所であったことを勘案して二十人扶持くらいはくれてやる」

「たった二十人扶持だと……百両ほどではないか。小袖の一枚も買えぬ。妾は家宣さまの御台所で五摂家近衛の姫ぞ。格式にふさわしいだけの待遇を受けるべきである」

吉宗の言葉に天英院が文句をつけた。

「格式にふさわしい行動を取っておらぬだろうが」

顔を紅《あか》くして吉宗が反撃した。

「帰るぞ。用はすんだ。水城、明日よりそなたにこの者たちの調べを委《ゆだ》ねる。大奥目付として要りようなことすべてをしてよい」

吉宗が皆の前で聡四郎に命じた。

「はっ」

聡四郎が受けた。

「大奥目付だと。そのようなもの、妾は認めぬ」

「お方さま、このままでは……」

手を振り上げて抗議をする天英院に姉小路が語りかけた。

「やればすむか」

「大奥には目付は入りませぬ。なにより、面倒な連中がここに集まっておりまする。秋元越中守《あきもとえつちゆうのかみ》のようにいたせば……」

姉小路が天英院にささやきかけた。

「秋元越中守……富朝《とみとも》のことか。明暦の大火のおり、避難を促しに大奥に入り、そのまま行き方知れずとなった。一万八千石の大名が消えたと大騒動になったと聞いた」

吉宗が呟いた。

秋元越中守富朝は甲斐谷村《かいたにむら》城主の譜代大名であった。

それまでも大奥では植木職人や御広敷番の侍がときどき行方不明になっていた。さすがに大名がいなくなっては知らぬ顔もできぬと焼け落ちた大奥中をひっくり返したが、骨一つ見つからなかった。

「大奥御台所の館の厠はくみ取られないよう、深く深く掘られておりまする」

姉小路がさらにささやいた。

江戸城の表御殿などの厠は葛西《かさい》の百姓が出入りとなってくみ取りに来る。しかし、大奥は女中たちの羞恥《しゆうち》もあり、くみ取りはされていない。その代わり、ちょっとやそっとであふれ出さないよう、かなり深くまで掘られており、落ちたらまず助からなかった。

「将軍殺しをせよと申すか」

ちらと天英院が吉宗を見た。

「大奥はお方さまのもの。今吉宗が死ねば、次は松平右近将監さまでございまする。西の丸の長福丸は、とても将軍になれる状態ではございませぬ」

姉小路が天英院を誘導し始めた。

「……ふむ」

天英院が腑《ふ》に落ちたという顔をした。

「多加《たか》」

出入りを抑えている加納近江守近くにいた女中を天英院が呼んだ。

「……はい」

気乗りしない声で、多加と呼ばれた女中が返答をした。

「そなた女番衆《めばんしゅう》じゃな」

「ご存じでございましたか」

指摘された多加が嘆息した。

「女番衆……」

初めて聞く名称に、聡四郎は首をかしげた。

「上様」

「躬も初耳じゃ」

説明を求めた聡四郎に、吉宗が首を横に振った。

「右衛門佐《うもんのすけ》からの申し伝えよ。妾が甲府から大奥へ入ったときの女番衆の一人、取りまとめをしている世津《せつ》とかいう、身分低き女中からな」

天英院が述べた。

「世津さまから、畏れ入りました」

多加が天英院に頭を垂れた。

「右衛門佐といえば、綱吉公のときに大奥総取締り役であった者だな」

吉宗が気づいた。

「そうじゃ。水無瀬《みなせ》権中納言《ごんのちゅうなごん》の娘よ。たかが権中納言じゃ、妾の実家近衛には遠慮せねばならぬ。大奥総取締り役などと言ったところで、小間使いでしかない」

天英院が勢いを取り戻した。

「右衛門佐の遺言によると、御台所には悪政をなす将軍を誅《ちゅう》する権があるとか」

「そのように右衛門佐さまが遺されましたか」

多加が怪訝《けげん》そうに言った。

「待て、御台所が将軍を誅するだと。将軍より御台所が長生きしたのは、夫婦《みようと》とは名ばかりであった家光公をのぞけば、綱吉公と家宣公。そこに右衛門佐から聞いたとあれば……家宣公より前の話でなければならぬ」

吉宗が思案に入った。

「綱吉公は御台所の鷹司信子によって殺されたというか……生類憐《しようるいあわ》れみの令だな」

すぐに吉宗が理解した。

「さすがは上様」

多加が感嘆した。

「そなた女番衆とか申したが、それはなんだ」

吉宗が問うた。

「右衛門佐さまがお作りになられた大奥の秘を護る者。別名開かずの間の番でございまする」

「開かずの間……宇治《うじ》の間のことだな。そこを護る……なるほど。綱吉公は中奥での急病死となっているのは表向きで、実際は大奥宇治の間で鷹司信子によって弑《しい》された」

「さようでございまする」

吉宗の結論を多加が認めた。

「宇治の間が開かずの間になった理由はわかった」

吉宗が納得したのも当然であった。御台所が将軍を殺すなど、幕府にとってこれ以上の醜聞《しゅうぶん》はなかった。将軍の御台所は皇女もしくは五摂家あるいは宮家の姫と決められている。将軍の婚姻は朝廷と幕府の和睦《わぼく》でもあるのだ。もし、鷹司信子のやったことが明らかになれば、朝幕の間に大きなひびが入る。

「なにをしておる。さっさと女番衆を集め、この男どもを始末いたせ」

天英院が多加に命じた。

「お伺いいたしまする。上様には開かずの間をどのようになさるおつもりでございましょう」

多加が天英院の圧迫を流して、吉宗に問うた。

「宇治の間は、空き長局にあったな」

空き長局とは、現在使われていない建物のことを言った。

「はい」

吉宗の確認に多加がうなずいた。

「空き長局は金喰い虫よ。使いもせぬのに手入れをせねばならぬでな」

倹約を進めたい吉宗にしてみれば、空き長局は邪魔なものでしかなかった。

「なくしてしまったほうが、他人に知られぬと思うぞ」

使いもしない部屋、それも誰も入ってはいけないという開かずの間など、他人の興味を引くだけである。ましてや大奥という暇をもてあました女が集まっている閉鎖された場所では、噂が一人歩きしかねない。

「戒めだそうでございまする」

「……なるほどな」

多加の答えに吉宗が納得した。

「…………」

聡四郎はなんのことかわからなかった。

「間の抜けた顔をするな。わからぬようでどうする」

吉宗があきれた。

「鷹司信子のときはやむを得なかったのだろう。まさに苦渋の選択だったはずだ。とはいえ、そう再々やっていいわけではない。事情はどうあれ、将軍殺しには違いないのだ」

「鷹司信子さまは、綱吉さまをお送りになられたあと、自らお命を断たれましてございまする。やはり宇治の間で」

「それは開かずの間になるな」

吉宗がなんともいえない表情になった。

「わかった。宇治の間はそのまま残す。戒めこそ大奥にふさわしい」

「畏れ入りまする」

多加が平伏した。

「なにを申している。多加、妾はその男どもを殺せと命じたのだぞ。女番衆は将軍の暴虐《ぼうぎやく》を止めるためにある。そう右衛門佐は妾に告げた」

天英院が憤慨した。

「上様、お願いが一つ」

怒る天英院を放置して多加が吉宗を見上げた。

「申してみよ」

吉宗が促した。

「竹姫さまに我ら女番衆をお預けくださいますよう」

「……竹を巻きこむ気か」

多加の願いを聞いた吉宗が声を低くした。

「とんでもないことでございまする。天英院さまは誤解されておられるようでございますが、そもそも女番衆というのは、朝幕の和に努める者でございまする」

ちらと多加が天英院を見た。

「朝幕の和……そなたたちは京の出か」

「ご明察でございまする。皆、下級ながら武方公家の出でございまする。江戸へ出されたときに絶縁をいたしておりますゆえ、家名はご容赦くださいませ。わたくしは代々検非違使《けびいし》にかかわる家柄の娘。当代の取締り役世津さまは、左近衛少将《さこんえのしょうしょう》を拝命する家柄の末葉《まつよう》でございまする」

「武芸もたしなんでいるのだな」

吉宗の目は変わらずに厳しいままであった。

「構え方を知っているといったていどではございますが」

初心でしかないと多加が謙遜した。

「ふむ。警固にはなるか」

しばし吉宗が思案に入った。

「きさま、妾の指図を無視するなど……」

天英院が憤怒した。つかつかと多加に近づくと、その頬を力一杯に打った。

「…………」

多加は苦鳴《くめい》も漏らさず、微動だにしなかった。

「……きさま。妾を馬鹿にするにもほどがある。火の番ども、こやつを仕留めよ」

「はっ」

相手が吉宗だからこそ、手控えていたのだ。火の番たちが薙刀を構えて多加へと迫った。

「止めよ」

言われる前に聡四郎が動いた。刀袋を投げ捨てて、拝領の太刀を露わにした。

「やあぁ」

最初に斬りかかった薙刀を聡四郎は鞘で受け止めた。

「邪魔をするな、お方さまの命ぞ」

火の番が聡四郎を排除しようとした。

「用人に逆らうか」

「お方さまの命に従うのが大奥の女中である」

身分を無視すると火の番が宣した。

「そうか。ならば、きさまが刃を当てている鞘をよく見るがいい」

「……なにが……つっ」

火の番が鞘に目をやって絶句した。梨子地に葵の紋が散っている。

「上様のご佩刀に刃を付けるか」

「ひいいいい」

聡四郎に怒鳴られた火の番が飛び退《の》いた。

「まだやるか。これ以上は許さぬぞ。ご佩刀に刃を向けるは謀叛同様。実家に咎が向かうぞ」

大声を出しながら聡四郎が、吉宗の佩刀を高く掲げて見せつけた。

「お手向かいいたしませぬ」

「わたくしも」

「申しわけございませぬ」

一人が薙刀を捨てると、火の番たちが続けて降伏した。

火の番はその武を買われて大奥に奉公している。そのほとんどが御家人の娘である。天英院よりも将軍の権威を上にするのは当然であった。

「これが最後である。躬に従え。ならば罪一等を減じ、大奥からの追放だけですませてくれる。まだ抗《あらが》うというならば、斬り捨てたうえ、実家も潰す」

吉宗が残酷な選択を迫った。

「畏れ入りましてございまする」

最初に降伏した火の番たちが平伏した。

「ご指示に服しまする」

続いて三《さん》の間《ま》、取次、お使番《つかいばん》などの身分低い女中が手をついた。

「ご無礼をお詫びいたしまする」

それを見ていた中臈たちも落ちた。

「そなたたち……」

ほぼ全員の裏切りに天英院が言葉を失った。

「あいわかった。一同を許す。ただちに荷をまとめ、御広敷座敷へ移れ。明日七つ口が開くなり宿下がりせい」

吉宗が助命を認めた。

「残ったのは京から来た者ばかりか」

「妾に忠義を尽くす者たちじゃ」

数人の中臈らに呟いた吉宗へ、天英院が誇った。

「そなたらの実家を調べ、禁裏《きんり》付きに報せよう」

「…………」

天英院を護るように立っていた京出身の大奥女中たちが大きく揺れた。

禁裏付きとは千石高の旗本で、朝廷と公家を監視する。いわば、公家の目付であった。

「ご寛容《かんよう》くださいませ」

一人の中臈が吉宗へ頭を下げ、その場から立ち去った。

「照夜《てるや》」

呆然と天英院が見送った。

「お方さま、申しわけございませぬ」

「ご恩は生涯忘れませぬ」

残っていた大奥女中たちも離れた。

「姉小路」

唯一残った側近に天英院がすがった。

「…………」

一度見捨てられかけた姉小路が、天英院に一瞥《いちべつ》を送った。

「……わたくしは死ぬまでお方さまに」

竹姫襲撃の指揮を執ったのは姉小路である。さすがに己の退散が認められるとは思えなかった。

「よかった、よかった」

天英院が姉小路の胸に顔を寄せて泣いた。

「孝の点より、命は奪わぬ」

吉宗は家継の養子として将軍になった。形式上、家継の父である家宣の妻は、義理の祖母になった。

「尼寺に出るか、二の丸へ移るか。どちらかを選ぶがいい」

「いつまでに」

折れた天英院に代わって、姉小路が訊いた。

「いつでもよい。ただし、大奥にある限り吾が手のなかだと知れ」

「吾が手のなか……」

姉小路が怪訝そうな顔をした。

「水城」

「はっ」

太刀を刀袋にしまっていた聡四郎は、名前を呼ばれて急いで片膝をついた。

「天英院の世話をする女中を選べ」

「……選ぶのでございますか」

「わかっていることを二度言わせるな。この騒動の直後に、天英院を大奥から放り出したとなれば、いささかうるさいことになろうが」

孫が祖母を追いたてたとあっては、儒教の考えを根本にしている幕府としては外聞が悪い。

「承知いたしましてございまする」

「竹の警固として出させたが、馬場の妹をまとめ役として入れよ。竹の警固は女番衆にさせる」

「では、残りは身許のはっきりしている旗本の娘を中臈あたりにし、御広敷伊賀者の娘あるいは姉妹などを火の番、末などの下役に配しまする」

聡四郎は吉宗の望む監視役を手配すると言った。

「よかろう」

吉宗が認めた。

「姉小路」

「はっ」

まだ泣いている天英院を宥《なだ》めながら、姉小路が頭を垂れた。

「生かしておくのは情けではない。外聞を憚《はばか》るからだ。だが、これ以上なにかしでかすならば……」

そこで吉宗が一旦言葉を切った。

「さきほど天英院が躬に向かって申したことが、そなたたちの身に降りかかるぞ」

大奥で死んでも、その原因は解明されない。どころか厠に捨てられて行方不明になっても探し出せないと天英院が吉宗を脅した。それを吉宗が打ち返した。

「わかりましてございまする」

姉小路もそれくらいは悟っていた。

「家宣公の忌日以外で、館から出ることを禁じる。館から出なければ、衣装を新調せずともよかろう」

大奥女中が競って衣装に金をかけ趣向を凝らすのは、他人より良いものを身につけることで優位に立ちたいからである。館から出なければ勝ち負けはなかろうと吉宗が命じた。

「…………」

天英院は沈黙したままであった。

「近江、水城、太郎戻るぞ」

吉宗が踵を返した。

「はっ」

聡四郎がその後ろに付き従った。

「……おい」

しばらくして太郎が動き出さないことに聡四郎は気づいた。

「……妻や子は死んだのに、なぜこの女たちは生きている」

太郎が慟哭《どうこく》した。

「……太郎」

吉宗が足を止めた。

「これが政というものだ。上に厚く下に薄い。世はそうして回っている」

「くっ……」

言われた太郎が唇を噛んだ。

「呑みこめとは言わぬ。悔しいのならば、生きて天英院を見続けろ。今までのような生活はさせぬ。それこそ、自前で衣装の穴を繕うところまで落としてやる」

「……上様」

太郎が両手をついた。

「わたくしをもう一度五菜にしてくださいませ。この大奥がどう変わっていくか、見続けとう存じまする。妻や子の犠牲が無駄ではなかったと……」

最後まで言えず、太郎が崩れた。

「水城、手配をしてやれ」

「はっ」

吉宗の憐憫《れんびん》を聡四郎は引き受けた。


「……おのれ」

吉宗たちがいなくなってしばらく、ようやく天英院が顔をあげた。

「お方さま」

地の底から響くような恨みの声に、姉小路が驚いた。

「五摂家の長、近衛の娘にして、将軍家御台所の妾に繕いものをさせるだと。館から出なければ、新しい衣服など要るまいだと……」

天英院が唇を噛み破った。

「呪ってくれる。吉宗も竹もな。妾を地獄に落としておきながら、二人だけ幸福な日々を過ごすなどさせるものか」

「ですが、わたくしどもにはもう手立てが……なにより次は命も」

姉小路が天英院を抑えようとした。

「大奥だけが戦いの場ではないわ。姉小路、筆と紙を持ちやれ。父に書状を出す」

「はい。誰か……」

うなずいた姉小路が配下の女中を呼ぼうとして、誰もいないことに気づいた。

「しばし、お待ちを」

上臈自ら、硯《すずり》の用意に立った。

「思い知らせてやるぞ、吉宗。決して竹と一緒にはさせぬ」

天英院が血で赤く染まった唇で宣した。

光文社文庫

文庫書下ろし／長編時代小説

呪《じゅ》詛《そ》の文《ふみ》　御《お》広《ひろ》敷《しき》用《よう》人《にん》 大《おお》奥《おく》記《き》録《ろく》(十一)

著　者　上《うえ》　田《だ》　秀《ひで》　人《と》

2017年1月20日　初版1刷発行
2023年4月5日　5刷発行

発行者　三　宅　貴　久
印　刷　萩　原　印　刷
製　本　ナショナル製本

発行所　株式会社　光　文　社
〒112-8011　東京都文京区音羽1-16-6
電話 (03)5395-8149　編　集　部
8116　書籍販売部
8125　業　務　部

© Hideto Ueda 2017
落丁本·乱丁本は業務部にご連絡くだされば、お取替えいたします。
ISBN978-4-334-77406-6　Printed in Japan

R ＜日本複製権センター委託出版物＞
本書の無断複写複製（コピー）は著作権法上での例外を除き禁じられています。本書をコピーされる場合は、そのつど事前に、日本複製権センター（☎03-6809-1281、e-mail : jrrc_info@jrrc.or.jp）の許諾を得てください。

組版　萩原印刷

本書の電子化は私的使用に限り、著作権法上認められています。ただし代行業者等の第三者による電子データ化及び電子書籍化は、いかなる場合も認められておりません。

上田秀人
「御広敷用人 大奥記録」シリーズ

好評発売中★全作品文庫書下ろし!

（一）女の陥穽《かんせい》
（二）化粧の裏
（三）小袖の陰
（四）鏡の欠片《かけら》
（五）血の扇
（六）茶会の乱
（七）操《みさお》の護《まも》り
（八）柳眉《りゅうび》の角《つの》
（九）典雅の闇
（十）情愛の奸《かん》
（十一）呪詛《じゅそ》の文《ふみ》
（十二）覚悟の紅《べに》

光文社文庫

読みだしたら止まらない!
上田秀人の傑作群

好評発売中★全作品文庫書下ろし!

勘定吟味役異聞●水城聡四郎シリーズ

(一) 破斬《はざん》
(二) 熾火《おきび》
(三) 秋霜《しゅうそう》の撃《げき》
(四) 相剋《そうこく》の渦《うず》
(五) 地の業火《ごうか》
(六) 暁光《ぎょうこう》の断
(七) 遺恨《いこん》の譜《ふ》
(八) 流転《るてん》の果て

神君の遺品 目付 鷹垣隼人正 裏録(一)
錯綜の系譜 目付 鷹垣隼人正 裏録(二)

幻影の天守閣 新装版
夢幻の天守閣

光文社文庫

光文社時代小説文庫　好評既刊

迷い鳥　決定版　稲葉　稔
おしどり夫婦　決定版　稲葉　稔
恋わずらい　決定版　稲葉　稔
江戸橋慕情　決定版　稲葉　稔
親子の絆　決定版　稲葉　稔
濡れぎぬ　決定版　稲葉　稔
こおろぎ橋　決定版　稲葉　稔
父の形見　決定版　稲葉　稔
縁むすび　決定版　稲葉　稔
故郷がえり　決定版　稲葉　稔
戯作者銘々伝　井上ひさし
馬喰八十八伝　井上ひさし
光秀曜変　岩井三四二
三成の不思議なる条々　岩井三四二
家康の遠き道　岩井三四二
天命　岩井三四二
甘露梅　宇江佐真理

ひょうたん　宇江佐真理
彼岸花　宇江佐真理
夜鳴きめし屋　宇江佐真理
神君の遺品　上田秀人
錯綜の系譜　上田秀人
女の陥穽　上田秀人
化粧の裏　上田秀人
小袖の陰　上田秀人
鏡の欠片　上田秀人
血の扇　上田秀人
茶会の乱　上田秀人
操の護り　上田秀人
柳眉の角　上田秀人
典雅の闇　上田秀人
情愛の奸　上田秀人
呪詛の文　上田秀人
覚悟の紅　上田秀人

光文社時代小説文庫　好評既刊

旅発　上田秀人
検断　上田秀人
動揺　上田秀人
抗争　上田秀人
急報　上田秀人
総力　上田秀人
破斬　決定版　上田秀人
熾火　決定版　上田秀人
秋霜の撃　決定版　上田秀人
相剋の渦　決定版　上田秀人
地の業火　決定版　上田秀人
暁光の断　決定版　上田秀人
遺恨の譜　決定版　上田秀人
流転の果て　決定版　上田秀人
惣目付臨検仕る　抵抗　上田秀人
術策　上田秀人
開戦　上田秀人

内憂　上田秀人
幻影の天守閣　新装版　上田秀人
夢幻の天守閣　上田秀人
鳳雛の夢（上・中・下）　上田秀人
本懐　上田秀人
半七捕物帳（全六巻）　新装版　岡本綺堂
影を踏まれた女　新装版　岡本綺堂
中国怪奇小説集　新装版　岡本綺堂
江戸情話集　新装版　岡本綺堂
女魔術師　岡本綺堂
狐武者　岡本綺堂
西郷星　岡本綺堂
修禅寺物語　新装増補版　岡本綺堂
若鷹武芸帖　岡本さとる
鎖鎌秘話　岡本さとる
姫の一分　岡本さとる
父の海　岡本さとる

光文社時代小説文庫　好評既刊

二刀を継ぐ者　岡本さとる
黄昏の決闘　岡本さとる
鉄の絆　岡本さとる
相弟子　岡本さとる
五番勝負　岡本さとる
果し合い　岡本さとる
さらば黒き武士　岡本さとる
恋する狐　折口真喜子
しぐれ茶漬　柏田道夫
宮本武蔵の猿　風野真知雄
服部半蔵の犬　風野真知雄
那須与一の馬　風野真知雄
新選組颯爽録　門井慶喜
新選組の料理人　門井慶喜
鶴八鶴次郎　川口松太郎
人情馬鹿物語　川口松太郎
江戸の美食　菊池仁編

鎌倉殿争乱　菊池仁編
知られざる徳川家康　菊池仁編
戦国十二刻 終わりのとき　木下昌輝
戦国十二刻 始まりのとき　木下昌輝
両国の神隠し　喜安幸夫
贖罪の女　喜安幸夫
千住の夜討　喜安幸夫
狂言潰し　喜安幸夫
知らぬが良策　喜安幸夫
裏走りの夜　喜安幸夫
稲妻の侠　喜安幸夫
ためらい始末　喜安幸夫
消せぬ宿命　喜安幸夫
両国橋慕情　喜安幸夫
縁結びの罠　喜安幸夫
身代わりの娘　喜安幸夫
最後の夜　喜安幸夫

光文社時代小説文庫　好評既刊

旅路の果てに　喜安幸夫
潮騒の町　喜安幸夫
魚籃坂の成敗　喜安幸夫
駆け落ちの罠　喜安幸夫
門前町大変　喜安幸夫
幽霊のお宝　喜安幸夫
夢屋台なみだ通り　倉阪鬼一郎
幸福団子　倉阪鬼一郎
陽はまた昇る　倉阪鬼一郎
本所寿司人情　倉阪鬼一郎
江戸猫ばなし　光文社文庫編集部編
黄金観音　小杉健治
女衒の闇断ち　小杉健治
朋輩殺し　小杉健治
世継ぎの謀略　小杉健治
妖刀鬼斬り正宗　小杉健治
雷神の鉄槌　小杉健治

花魁心中　小杉健治
烈火の裁き　小杉健治
暗闇のふたり　小杉健治
同胞の契り　小杉健治
駆ける稲妻　小杉健治
般若同心と変化小僧　小杉健治
つむじ風　小杉健治
陰謀　小杉健治
千両箱　小杉健治
闇芝居　小杉健治
闇の茂平次　小杉健治
掟破り　小杉健治
敵討ち　小杉健治
侠気　小杉健治
武士の矜持　小杉健治
鎧櫃　小杉健治
紅蓮の焔　小杉健治

KOBUNSHA